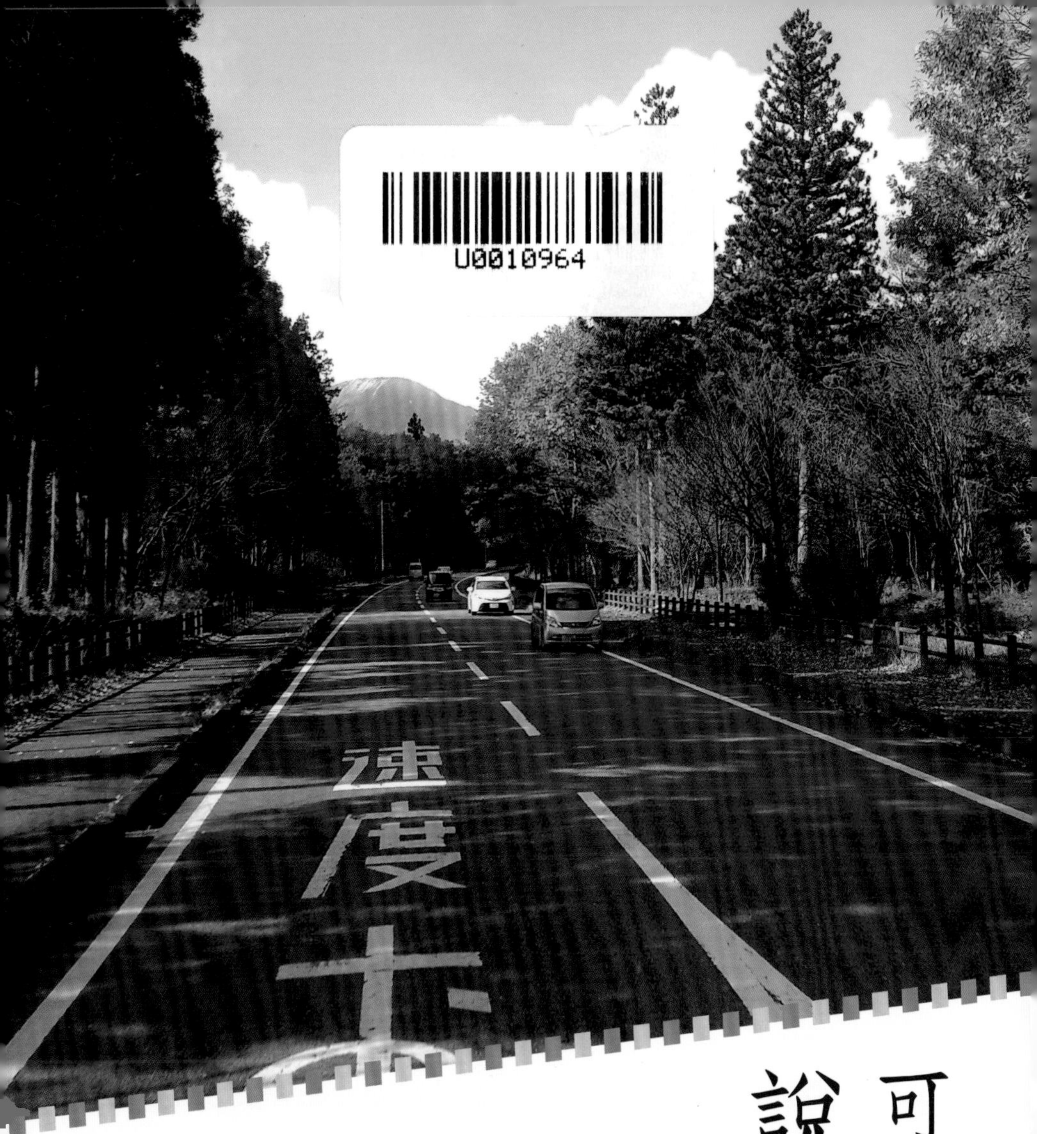

可不可以說走就走

易虹 文・攝影

目錄

36歲的離職出走

出境入境之間

旅途中的風景

生活中的旅行

後記

印尼 日惹 Prambanan

36 歲的**離職出走**

日本 京都 野宮神社

自由呼吸的渴望

那一年我36歲，在一家上市櫃的LED下游龍頭大廠擔任日文專利工程師。

公司市占率全臺第一，全世界第三，名號閃亮亮，可媲美鴻海。每每只要我報出公司的名號，不管是申辦信用卡，還是房貸借款，甚至是相親，這職業和教師一樣吃香，幾乎無往不利。

每天，我從淡水搭一個多小時的捷運前往永寧站，然後再搭乘公司的接駁車到樹林。有時趕不上接駁車，就必須坐火車到樹林站，然後再坐計程車或是以步行的方式抵達公司。那一陣子，我每天至少需花費三小時在來回通勤的交通上。

每天打卡上班，早會集合做體操，每一周的周會，每個月的月會，吃到飽的員工午餐，開心的團購、下午茶，下班後的部門聚餐，三不五時和公司的研發部門及事務所的專利撰稿人員溝通，每天的日子既充實忙碌又開心。

下班後，到臺北東區和同事一起吃美食、逛百貨公司、買名牌包，和相親對象約會，和大家搶購周年慶特價商品，買一堆自己其實永遠用不上的東西，為的只是累積消費金額拿滿額禮，滿足心中的虛榮感。

每天累得要死，回到淡水的獨居套房，連思考沉澱的餘力都沒有，便呼呼大睡。然後再迎接新的忙碌一天，日復一日、年復一年。

但是，在進公司剛好滿兩年、一切都已上軌道時，我開始有了不尋常的反應。

那一天下午天氣非常好，我坐在辦公桌前，看著窗外的藍天白雲，忽然站了起來，跑去找部門主管，用特休的名義請假半天。部門主管很好說話，只要手上沒大案子，又有尚未休完的假，基本上不會被拒絕。

我一個人跳上客運，從臺北穿過雪隧到了宜蘭，來到羅東的五峰旗瀑布。時值五月初夏，蟬聲唧唧，我花了一個多小時爬上山，站在氣勢磅礡的瀑布前。我一邊聽著孫耀威的〈不屬於我的淚〉，心中下了一個決定。

宜蘭 五峰旗瀑布

我想要離開這看似華麗光亮的職場，想要擺脫這人稱人羨的公司，想要脫離這一成不變的制式日子；不想再每天花費三小時通勤上下班，不想再把時間浪費在無謂的交際應酬、相親吃飯、虛榮購物。不想在累到半死、回家連妝都懶得卸時，獨自躺在單人床上，幾乎崩潰的蒙頭自問：「我到底是為誰辛苦、為誰忙？」

這個決定並非突然，並非無跡可尋。一月的隆冬快結束時，以結婚為前提認識了一個男孩，男孩以半年為目標勾畫出兩人的未來藍圖，當時急著想結婚的我，答應了男孩的追求。但春天都還沒來臨，當男孩告訴我他已取得船員資格，打算放棄博士課程，年底就去跑國際船班時，我整個人算是徹底再經歷一次輕熟年失戀。

為了盡快擺脫失戀感，這些日子請專業的媒人介紹了幾位相親對象，然而約會了幾次之後，幾乎都無疾而終。三十多歲的熟女想要交新朋友已經不易，更何況是要尋找攜手過一生的人生伴侶呢？

在明白自己早已經過了願意改變自己，去屈就一個男人、一段關係時，我對戀愛和婚姻這件事也算是呈現半放棄狀態。就像我現在的制式職場生活一樣，外在光鮮，實則卡在無法前進、也無法後退的窘境。剛升官的部門小主管不到三十歲，新進的部門同事也都比我年輕，雖然我的學經歷不錯，也長得人模人樣，但這不能改變臺灣企業普遍低薪化、無法分紅，未

約旦沙漠

來幾年我也和升職無緣的窘境。

我在初夏溼悶的五月天作了離職決定，不久便提出辭呈，然後在五月底暑假來臨前的盛夏，揹起我的背包，獨自展開我的另一段人生旅程。

我渴求和自己的內心對話，喚醒沉睡已久的靈魂，我要離職去旅行。

斷捨離

日本 北海道

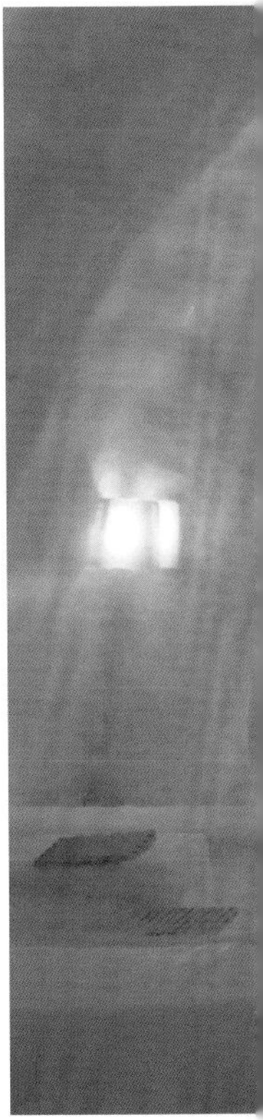

斷掉連結

因為一個人獨居，加上保密到家，當我先斬後奏把離職的消息公布出來，告訴身邊的人我要進行一場42天的旅行時，他們的反應其實也不出我所料，大致就是老調重彈。

「妳年輕時還沒玩夠嗎？世界各國都快走遍了。都已經幾歲了，還繼續玩？」

「好不容易進了一家大公司，動不動就辭職，妳以為妳還年輕嗎？等妳玩回來都幾歲了，下一家公司還願意錄用妳嗎？」

「好不容易才進了這公司，環境和同事也都很不錯，為何要這麼衝動？妳這樣每間公司都只待一、兩年，毫無定性，難怪找不到結婚對象。」

「妳都已經幾歲了，還想著玩。臺灣不能玩嗎？利用假日和年休去郊外走走不就好了，幹嘛一定要出國？」

「同樣的薪資和學經歷背景，公司會找比妳年輕十歲的，比較好用。」

「妳已經不年輕了，又是單身，要多存點錢，把玩樂的錢省下來，免得以後年老時孤苦無依。」

「妳最近不是在相親，難道都沒有喜歡的對象嗎？眼光不要太高，OK的話就湊合湊合，快點趕進度結婚生子，不然再過幾年，妳想生也生不出來了。」

「這份工作這麼好，妳又和同事處得開心，我以為妳會一直待在這公司。想去旅行請長假就好，何必離職？妳不年輕了，不能像年輕時一樣率性，必須給自己留一條後路。」

捨棄思念

我一邊看著不斷湧入的臉書訊息，一邊講著電話，一邊收拾我即將遠行的行李。

這次的旅行的確不長，只有42天，其實可以請長假就好；但不知怎麼的，我就是不想請長假，堅決要離職。當我把紙本的離職單拿給部門最高主管簽名時，主管還出乎意外的挽留我，我一直以為自己只是部門的小螺絲釘，雖然有點能力，但是在人才輩出、號稱公司最優秀的這個菁英部門，我那向來自豪的才幹也只是微不足道的自我安慰劑。

由於年輕時曾經在日本留學過，對於早已體驗過五年異鄉生活的我來說，出趟一個多月的遠門不算什麼。不同的是，當年留學我只有二十多歲，而現在我已坐三望四，不再是青春熱血的年紀，現在的我必須付出的旅行成本和代價比以往多了許多。

櫻花的絢爛若非短暫，也顯現不出它的珍貴美好。

雖然現在的我不再輕易被世俗人情所羈絆，但當真的要離開時，還是有些不捨的。比如，我會很想念我家巷口的那家港式燒臘，想念捷運中山站的早午餐，我會懷念臺灣的珍珠奶茶，也會懷念臺灣便利的醫療環境和低廉的生活成本。當然，身為朋友很多的黃金單身貴族，我更會想念可以和朋友一起逛街購物、喝下午茶的快樂時光。

由於家人、朋友都在臺灣，對於臺灣，我還是會有所想念。但我清楚知道，若想成行，就必須以捨棄思念為代價，才有辦法瀟灑脫的轉身離開。

離開熟悉

過了好幾年的上班族生活，已經習慣了每天日復一日的刻版生活，相同的交通路線、相同的捷運車廂、相同的便當店、相同的對話、相同的電視節目、相同的疲累、相同的行屍走肉。這一切的熟悉、理所當然，以及疲憊，都將在我離家遠行之後，被陌生和新鮮，以及恐懼所取代。

即便我喜歡旅行，即便我的旅行經驗豐富，但我以往的旅行都以短天數為主，因為我有嚴重戀家癖，只要離家稍久，我的 homesick 就會氾濫。

出國不下百次，目前為止我最長的一次旅行也不過是一個月，那次的歐洲行還是由於機位客滿訂不到機票，才待了一個月，不然旅程進行到兩星期時，其實我就已經超想回家。

這次我要進行42天的旅行，這對動輒進行一、兩年長期旅行的人來說不算什麼，但對習慣跟團以及短期旅行的我來說，已是另一番新挑戰。

泰北 長頸族學校

有捨有得，旅途中我大開眼界，結交各國朋友。

我要離開熟悉的家人、朋友，離開熟悉的居家環境和生活圈，離開熟悉的飲食、文化習俗，離開熟悉的土地和氣候，離開向來依賴的領隊、導遊，離開一切我熟悉、依賴的舒適圈。

轉身離開之後是否會華麗的變身，我並不確定；但我清楚知道，斷掉連結、捨棄思念、離開熟悉、掙脫理所當然、跳脫習慣的舒適圈。我才有機會接觸到我想要的自由世界。

唯有斷捨離，我才能尋覓到我渴求的的自由空氣，不用再從現實縫隙中偷偷呼吸。唯有跳出舒適圈，勇敢跨出我腳下的的一步，我才有辦法真正做到斷捨離。

約旦 紅海 阿卡巴灣

別對夢想 Say No

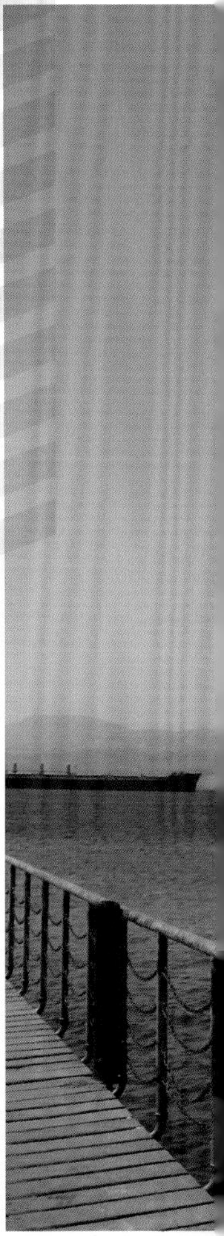

記得小時候只要作文題目是我的志願，或是畢業紀念冊上的留言：將來長大最想作的事情，很多人一定都會寫上「環遊世界」四個字。

畢業後，出了社會，談了幾場失敗的戀愛，換了幾個不怎麼樣的工作。轉眼間，當人生已從青澀的學生時代邁入不再熱血的中年階段，這才發現，除了跟著公司去了幾趟東南亞，或是和家人、朋友去了幾趟日本、韓國之外，當年所懷抱的環遊世界夢想，早已經離自己好遠、好遠……。

曾幾何時，自己最想望的這個「環遊世界」夢想，竟狹隘到每天侷限於家中、公司、便利商店、餐廳、購物中心。偶爾會利用周末假日出去踏青、到旅遊景點走走；積極一點會跳上飛機，來趟短天數的海外小旅行。即便如此，這樣的生活模式，距離當初自己所夢想的那個環遊世界壯舉，依舊遙遠。

在我離職前，每每放假日前往誠品享用早午餐，我最愛做的一件事情就是到旅遊書專區逛逛，看看喜歡的旅遊作家有無新書出版，翻翻自己感興趣國家的最新資訊。

愛書的我總會把有興趣的書買回家，一邊翻著書、一邊做功課，一邊計畫、一邊想像，若是自己將來有錢有閒，總有一天要花上一整年的時間去環遊世界，跑遍七大洲、五大洋。

這樣環遊世界的白日夢我也做了十多年，每隔一段時間，心中不安份的流浪毒癮就會發作，然後我便會花掉積蓄，來趟不痛不癢的海外小旅行安慰自己。即便我的旅遊頻率很高，平均兩個月就出國一次，一年出國五、六趟，但嚴格說起來，都只是安慰自己的小旅行。

記得滿三十歲那年，我有股衝動想要放下一切，買張新臺幣六萬多元的環球機票，帶著僅有的二十萬元存款，說走就走。忘了當時是什麼原因，讓我不得不放棄那股衝動，直到今日，我依舊只能望著「環遊世界」這四個字興嘆。

時隔六年，這次我是抱著豁出去的決心，辭職去旅行。但歲月果真是無情殺手，隨著年紀增長，現在的我已非二十多歲的熱血青年，已無幾年前想要花上一整年環遊世界的雄心壯志。

日本 白川鄉

之前看過一部本土的熱血電影〈練習曲〉令我相當感動。敘述年輕人騎著單車環島的〈練習曲〉可以引起如此大的迴響，顯示出臺灣年輕人對旅行的渴望和缺乏。〈練習曲〉不過是一個媒介和導火線，引爆了臺灣年輕人長期被上一代壓抑的獨立自主和流浪想望。

「獨自出外旅行很危險……」、「不可以一個人到處趴趴走……」、「在人生地不熟的地方很危險……」，有些人被臺灣社會的傳統和這個大環境的規範所壓抑，隨著周遭人群被豢養在理所當然的舒適圈中。

我不敢相信，臺灣有許多人已經在社會上工作好幾年了，卻從不曾踏出國門一步，但這是事實，也非少見的特殊個案。沒錢、沒時間，沒勇氣、沒旅伴，家人反對、工作太忙，旅遊是奢侈品、不是必需品，不去旅遊不會死、但沒錢過生活會死……，有太多的藉口和理由把自己推離夢想，讓自己距離夢想愈來愈遠，然後理直氣壯的對夢想Say No。到最後，甚至忘了自己在年經時曾經有過「環遊世界」這個夢想。

若你還青春熱血，趕緊趁著年輕、體力最佳時，自我挑戰出去飛一飛，畢竟唯有年輕，才有貧窮旅行的能力。就算是打工度假，邊工作邊玩，吃不飽、睡十人房，幾年後回來孑然一身，依舊有本錢可以重新再來，東山再起。年輕人用少少的金錢，換來大大的世界觀，成就一趟豐富旅行，這算盤怎麼打都划算。

像我這樣年過三十的人，已經超過打工度假的年齡限制。隨著歲月流逝，牽腸掛肚的事情越來愈多，縱使鼓起勇氣拋下一切出走，所承受的風險以及必須付出的成本，都比年輕人高出許多。但即便如此，已屆中年的我們還是不能對夢想Say No，畢竟夢想無關年紀、無關金錢、無關階級、無關國界。

每個人心中都有一個流浪的美夢，不同的是，有的人傾家蕩產也要親自將它實踐，有的人則屈服於現實，讓它永遠只是個夢想。別對夢想Say No，夢想之所以一直為夢想，只因我們一直沒有勇氣去實踐它，只要問問自己，可不可以，說走就走。

希臘小島遊輪

人生是倒數計時

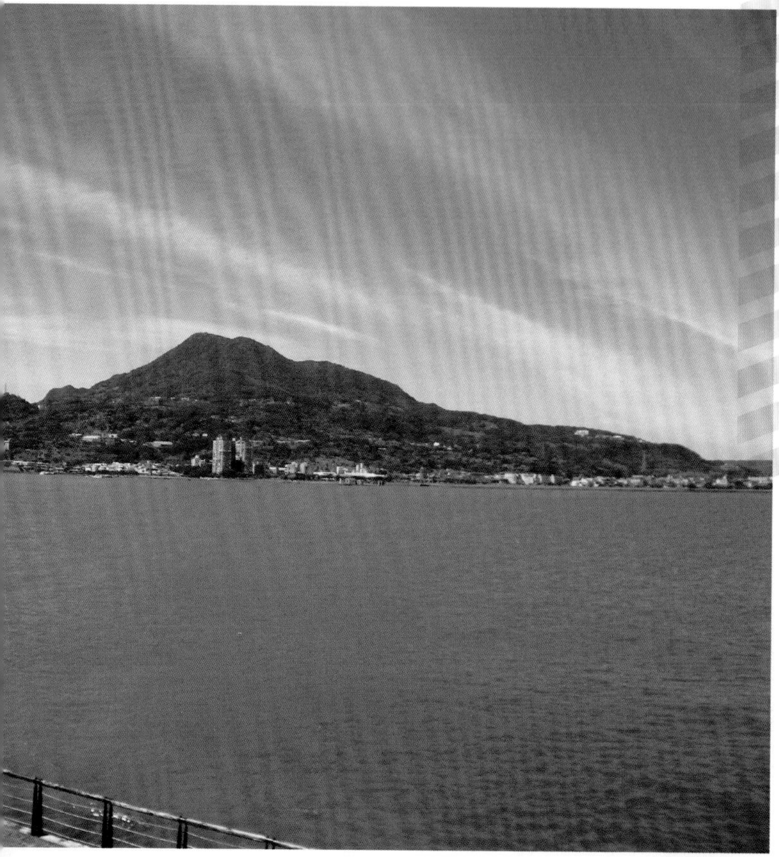

臺灣 淡水

小時候常常聽到長輩們說：「等我退休了，就要去爬我喜歡的山，從事我喜歡的游泳。」「等小孩長大、可以自力更生、結婚生子，我就要去環遊世界，做我喜歡做的事。」「等我有時間、存款再多一點，我就要去香港三天兩夜，盡情血拼（Shopping）。」

這些似曾相似的言語，經常出現在你我成長的環境當中，等到你我都長大了，當初講這些話的長輩們，卻沒有一個人實現他們的夢想。想等到退休再去登山的長輩，退休後卻因退化性關節炎而無法完成夢想；想等到孩子們成家立業再去環遊世界的長輩，因為罹患癌症，還沒完成夢想便已撒手人寰；想等到存款再多一點、有時間再出國旅遊的長輩，因為生意越作越大、愈來愈忙，雖然存款變多了，時間卻越來越少，到現在連國門都沒踏出過。

人生是倒數計時，假使以七十年壽命來計算，到了三十歲時，你只剩四十年可活，到了四十歲時，你只剩三十年可活。隨著年歲增加，剩餘的生命遞減，你只會越活越沒有時間，可利用的人生愈來愈短，不會有「以後比較有時間」這事存在。

我曾經遇過幾位六、七十歲的老外背包客，他們像年輕人一樣，揹著又大又重的背包，住在便宜、克難的多人宿舍中。他們老當益壯，健步如飛，體力、精神都不輸年輕人；多數都是單身，從年輕到退休，三不五時都在旅行。

這些六、七十歲的獨行背包客，基本上都有個共同點，那就是他們從年輕時代起就熱愛旅行。高齡背包客獨自旅行的勇氣、過人的體力以及旅途中所需的種種技能，都是藉由年輕時的大小旅行、成功或失敗的經驗所累積和訓練而成。

也就是說，假如你對某件事情有興趣，不論是登山、跳舞、騎車、旅行，甚至是難度較高的滑雪、潛水、跳傘等，若是沒有從年輕時開始累積經驗，基本上等你老了，也不會有機會去完成夢想。

日本四國地區有條著名的朝聖之路「四國遍路」，各方前來的修行者利用一個月的時間，以步行方式完成八十八座寺廟的巡禮。

古代交通不便，加上山路崎嶇難行，許多修行者都會身穿白衣進行遍路之旅。一身的白衣裝束，就是古時往生者的入殮衣裝，這些朝聖者心知山路險峻，或許下一段路途就會死亡，因此作好準備，萬一在朝聖途中因意外而亡，就可直接以一身白衣就地安葬入殮，這也說明

第八十二番札所｜根香寺。

了古代四國遍路的高風險性。

時空轉換到了現代，四國遍路依舊受到旅人們的推崇，不同的是由於旅程所需時間較長，因此除了宗教信仰，踏上遍路之旅的多數是退休後的老人家。

當我告訴日本友人即將在42天的旅程中體驗一段四國遍路巡禮時，卻換來友人一句「那不是退休的老人家才會展開的旅程？」這也說明四國遍路的獨特性，參加遍路者多為老人並非因為旅途輕鬆、適合高齡者，而是因為在日本這樣敬業的工蜂社會中，唯有退休後才有可能進行長達一個月的四國遍路之旅。

不管是高齡的老外背包客，還是遍路修行的日本老人，辛苦工作一輩子，退休之後不在家中安享晚年，選擇遊走世界或是朝聖參拜，我不禁為他們的勇氣感動，也為他們的毅力喝采。

現在的我，卡在三十多歲這個不上不下的年紀，說年輕也不是，說老也談不上，但在歷經多年社會磨練後，卻已變成日復一日不斷運轉的一部機器。

我想要停下腳步，在最美的年歲，用最佳的體力，登上最高的山峰，仰望最亮的星辰，遠眺最寬廣的海洋。

我想要在一張又一張的自拍照中跳躍著，用最爆笑的姿態，留下青春洋溢的笑容，而非僵硬的姿勢與面無表情的臉孔。

我想要趁著年輕無敵，睡在南法尼斯的公園長椅上，在亞維儂火車站啃著最道地的法國硬麵包，理所當然的被在地人認為是個東方旅人，而非三餐不繼的流浪漢。

當我把夢想告訴身邊的親朋好友，詢問他們是否願意與我一起流浪，所換來的答案就和多年前長輩們所說的一樣，「等我的小孩長大……」、「等我付完房貸……」、「等我有年假……」。人生是倒數計時，現在不走，以後也走不了。

我想要在一張又一張的自拍照中留下最陽光的笑容。

日本 四國 麵包超人電車

日本 長野 善光寺

馬來西亞 吉隆坡

泰北 Pai 過年

在最窮困的時候出走

因家中兄弟姊妹多，童年的物質生活並不富裕，但家裡從沒讓我挨餓受凍過，也讓我受到良好的教育。家裡的孩子都很爭氣，理所當然的順應著父母的期望以及社會的制式模板成長，一畢業就開始工作、存錢買房，然後結婚生子，存教育金、退休金、養老金。

留學返臺後，我爆肝工作了幾年，以少許的頭期款買了一間淡水地區的小套房，總算終結多年的租屋生涯。我順著社會的規範走，但只走到存錢買房這一步，我的人生大富翁彷彿遊戲暫時停止般，一直卡關沒有進展，無論如何就是無法前進到結婚生子這一步。

眼見身邊同世代的朋友一個個結婚生子、成家立業，蠟燭兩頭燒的生活雖然吃緊，但臉書上全家和樂曬幸福的模樣，偶而還是會刺痛我這黃金單身女郎的孤獨心扉。於是我賭氣似的參與一攤又一攤的相親飯局，除了吃太多造成體重上升，似乎也找不到可以攜手共度下半生的另一半。

於是我寄情工作和旅行，雖然沒有愛人、沒有家庭，至少我有很多的時間可以拼事業，可以拿不必養家的錢去旅行。工作和旅行是我唯一可以驕傲的安慰劑。

但這表面光鮮亮麗、自給自足的單身樣態，在我辭去工作後瞬間瓦解，就好像一直隨身的免死金牌忽然被取走，現在只能認命的等著接受眾人批判。

36歲、單身、獨居，沒有男友，沒有寵物，沒有車，沒有股票，揹負著房貸，存款不滿一桶金。原本還有一份像樣的工作可以抬頭挺胸，現在自己辭職，沒了工作還不知死活，打算把剩下的一點點存款拿來當盤纏，做著流浪的春秋大夢。

身邊的人，特別是不太親近的親戚、朋友，得知我已經辭職，並且決定花光存款去旅行，雖然多數的人表面還是一派客套，但我相信如果我是男人，很多親戚朋友早已把我歸為魯蛇（Loser）一族。

沒了工作就沒有收入，沒有收入就無法應付開銷和貸款，然後就會開始負債；一旦負債就會落入銀行的借貸陷阱中，最後成為金錢遊戲的輸家。雖然我目前單身，一人飽全家飽，既不必養家，也不需負擔老家的開銷，但沒有收入就沒錢，單身的身分無法給我任何衣食無虞的保證。

36歲的熟女，沒有工作，沒有收入，沒有愛人，除了性別，我百分之二百符合「魯蛇」的定義。準備辭職前我當然也想過這些現實問題，但是為何依舊執意離職出走？

泰北 Pai River

一直以來，我以為按照既定的社會模式，就算不能大富大貴，至少可以小康小富、衣食無缺。這些年來，我乖乖的依照標準公式，一路走得順遂平穩。但是我卻不快樂，追根究柢，我所追求的是社會期待賦予我的目標，而非我自己真正想要的。

隨著社會變遷，以往一個人工作可以養全家的社會樣態已不復存在。以往教職是金飯碗，現在流浪教師滿街跑；以往頂著高學歷的頭銜風光不已，現在博碩士乏人問津。現時的潮流已非昔日樣態，因此，功成名就的定義是否也應該跟著修正？

我心中有個小小的聲音告訴我，這世界的貧富定義不應該非黑即白。

對先進國家來說，不丹這個人均所得低下、沒有電視的落後國家是貧窮的，但它卻曾是全球幸福指數最高的樂土，這就表示並非只有物質才能帶給人們快樂，我們又何必終日汲汲營營於車子、房子、金錢、名利的追求？

或許物質的滿足確實可以讓人快樂，但是非物質的快樂更加持久。非物質的快樂究竟為何？反思的同時，我渴求得到能說服自己的答案，這個答案不要別人告訴我，我要用自己的雙眼和雙腳去挖掘。

唯有脫離臺灣的社會框架，甚至離開華人圈，我才有機會重新思考；重獲思考的能力，我才能定義自己的快樂。明白快樂的價值，我才能獲得真正的快樂。

因此，我決定離開臺灣，親自去闖闖這個世界，努力去找尋這個微弱聲音的答案。眾人認為我一事無成，只會作夢和逃避，但我卻鼓起勇氣，在最窮困的時候出走。

泰北 Mae Hong Son

當你走出去就會發現其實自己很富有。

越南 胡志明市

旅行不等於萬靈丹

每個人旅行的理由都不同，有人去度假，有人是逃避，有人四處傳道修行，有人想要尋找生命的意義，有人趁機結交朋友，有人藉此增廣見聞。雖然我是為了自由呼吸的渴望而出走，但我明白旅行不等於萬靈丹。

我瞭解離開不一定比較好，出走不一定會帶給我滿意的答案，但我更清楚若這次不走，就永遠不會知道原來自己可以有其他選擇、可以獲得更好的對待、可以變得更有價值。

就像是在一段不快樂的關係裡，若不離開錯的情人，永遠不會遇到下一位對的人；就像是一個不斷旋轉的陀螺，若不停下來休息，永遠看不清周遭的事物，永遠不知道你有權利可以拒絕壓榨欺迫，以及繼續不停地莫名旋轉。

這樣簡單的道理催促著我出走遠行，離開前我感到茫然、窒息，對不公不義的社會有些許憤怒，憤怒之餘卻無力改變。

被孤立的臺灣島亂糟糟，低薪化、少子化、高齡化，物價飆漲，薪水不升反降；官商勾結，政黨鬥爭，施政改革急功近利，媒體亂象層出不窮。無錢無權的市井小民，只好在夾縫中尋求自我安慰，吃著一成不變的銅板早餐，喝著千篇一律的廉價咖啡還自覺幸福。

小島小民小幸運，社會風氣讓追求幸福也變得速食化，二十多歲的年輕人不婚不生，打拼的目標不再是車子、房子，因為根本負擔不起，整日追尋著小確幸，自拍打卡#必吃#必玩#必逛#必買。

井底之蛙滿街跑，國際上發生什麼大事一問三不知，反正知道總統是誰，對岸的飛彈不要打過來就好，其他一切與我無關。

被困在象牙塔裡的小島小民不敢夢、也不敢想，有些人甚至連離開的念頭都不曾有過。旅行？那多花錢，他們只求可以三餐溫飽，逢年過節有獎金拿，全家大小平安健康。

夢想夢想，夢就是想，想就是夢。我也曾經是小小的井底蛙，不敢做大大的白日夢。人就要安分守己，好好念書，務實工作，結婚生子，平順度過「應該」的人生。

但我後來終於明白，把旅行當成夢想，就像許多人一樣，其實是不對的。旅行不是夢想，

旅行不等於萬靈丹，因此更要勇敢出走。

而是達成夢想的方式或過程。說白點，旅行就像是顆藥丸，吞下藥丸可以治病；你的夢想是把病治好，而不是吞下藥丸這個動作。

或許離開後我會看清楚，原來臺灣在世界地圖上，只是位於太平洋的一座小島；而我只是小島上一個名不見經傳的小人物，剛剛失去一段沒什麼大不了的戀情，辭掉一份自以為了不起、實際上不怎樣的工作。自小奉為圭臬，學歷為上的社會標準，在其他地方或許根本不存在。

或許離開後我會更明白，其實我們可以不必那麼努力的活著，用七分的力量過生活即可；跌倒了可以不必立刻爬起來，躺在地上休息一下，等到不痛了再起來。

或許離開後我會真的知道，夢想和快樂到底是什麼，再也不必為了房子賣命，再也不必為了車子燒肝；再也不會為了吃拉麵排隊，再也不會搶買周年慶限量商品；再也不會因為年紀大了，非得找個不愛的人共度餘生。

旅行不等於萬靈丹，服用後無法安慰你的失戀，無法化解你的人際關係困境，無法使你脫離貧窮，無法讓你找到真命天子，無法直接告訴你人生的答案。但是你必須試著服下它，讓它進入你的身體，進入你的世界，幫助你喚醒沉睡已久的靈魂，追尋完整的自己。靈魂甦醒了，許多的問題便不再是問題。

你將會知道世界很大、臺灣很小，自己更是渺小。這世上沒有什麼應該、不應該，沒有什麼必吃、必遊、必買；不一定要五子登科，只要能吃、能睡、

日本 四國 松山城

能笑，有好友陪伴，就不會認為幸福拋棄了自己，更不會在半夜裡醒來，向電話線那頭的朋友哭訴找不到人來愛。

旅行不等於萬靈丹，但只要鼓起勇氣服下它，邁開腳步，說走就走、說愛就愛，我深信不必走到終點，或許答案就會在半路冒出來，如雨過天青的彩虹那般。

韓國 麗水 世博會

說走就走、說愛就愛，未來的另一半肯定會出現。

旅行的意義

希臘 聖托里尼島

學生時代被一張希臘小島的照片吸引，唯美的純白教堂襯著蔚藍天空，我總是幻想著未來要和心愛的另一半前往島上度蜜月；出了社會，被半島酒店的正統英式下午茶吸引，我總是幻想著哪天要搭乘商務艙飛往香港，住進氣派的半島酒店內，和心愛的他共享浪漫下午茶。前陣子戀愛時，和男孩看了年末的最後一場午夜電影，看著影片中的泰姬瑪哈陵，他拉著我的手說：「等有錢、有時間，一定帶妳一起去印度旅行。」

學生時代的希臘小島蜜月夢沒有實現，因為我一直是單身狀態；香港半島酒店的下午茶倒是去了，和閨蜜一起乘坐經濟艙，住在狹小吵雜的商務旅館，完全沒有浪漫可言。至於和男孩的印度之旅，看完那場跨年電影後沒多久，兩人便分手了，當時甜蜜的承諾，終究也只是逢場作戲的臺詞。

那時的男孩知道我想結婚，給了我共組家庭的遠景；知道我喜歡旅行，給了我結伴探索世界的約定。他盡責的用言語滿足我的夢想，卻始終沒有跨出腳步兌現承諾。雖然我不是那種一個人就出不了遠門的女孩，但是心愛的人願意許下承諾，陪伴你走遍天涯海角、看盡風花雪月，總是令人心動。

男孩離開後，我還是繼續一個人的生活，就像往常那樣；三不五時流浪的毒癮發作，我就任性的帶著背包，獨自去旅行。我可以獨自旅行，卻無法一個人結婚，有一次我獨自站在曼谷 Siam 廣場的婚紗店前，看著櫥窗內俏皮的新娘禮服，我竟然難過的想哭。

不久後，我一個人去了希臘的小島旅行，當我站在潔白的米克諾斯教堂前，從制高點眺望湛藍天際，終於有種解脫的感受。

雖然以前期盼兩人甜蜜的到希臘度蜜月，但若這輩子我一直是單身，難道就永遠去不了希臘？去過一次不代表沒有第二次，將來有機會還是可以和另一半前往希臘旅行；若是一直單身下去，至少我也圓了我的藍色希臘夢，此生已經無憾。

一直認為希臘之旅要兩人同行才浪漫，所以總是給自己設限，非要等到結婚、度蜜月才啟程。就像我一直以為人生的道路要兩人一起走才有安全感，所以才會在每一次的失戀中難過，才會在每一次的相親飯局中失望，像是無間道一般，不斷地輪迴受苦。

結束一個人的希臘行，我忽然明白，可以兩人一起攜手白頭、走到世界盡頭固然美好，但若是一個人，只要小心慢行，依然可以走到世界盡頭。一個人沿途看到的風景，和兩個人所看到的並無不同，不同的是兩人相伴多了些勇氣，可以互相扶持、互相砥礪。一個人在途中跌倒了，只能自己擦擦眼淚、繼續往前走，但只要不放棄，終究可以抵達終點。

「可是那樣不是太孤單、太寂寞了嗎？」或許有人會這樣問。老實說，當我和男孩在一起時，心中的孤獨寂寞感並不會比一個人獨處時還少。總以為身旁多了一個人，一起吃飯、一起看電影，應該比較不會孤單寂寞。但是我錯了，兩人相處時，快樂變多了，不安也變多了，而孤單寂寞從不曾少過。

日本北陸 金澤

兩人一起攜手白頭，走到世界盡頭。

在兩人的關係裡頭，男孩用承諾滿足我對婚姻和旅行的想望，而我在迷濛的愛情漩渦中，耗盡全力配合對方，扮演他心目中的完美女友。吃飯、登山、看電影，我努力的挪出時間，委屈自己、欺騙自己、安慰自己，滿足他對完美約會的想像。

夜深人靜時，我不斷地問自己：「為何兩人在一起，我還是不快樂？」「是我太貪心了，還是這段關係根本就是個錯？」「我真的願意為了結婚，讓自己委屈到這般田地？」

我的笑容愈來愈少、寂寞愈來愈多。不久，我發現即便兩人在一起，孤單寂寞的重量卻比我一個人在遠方旅行時還要沉重。於是我寫了封信，安靜畫下這段關係的休止符，那時我正聽著梁靜茹的〈分手快樂〉。

除了自己，沒人可以把你的笑容帶走，沒人可以把你的幸福沒收；揮別錯的，才能和對的相逢。或許哪天當我打算獨行到世界盡頭，決定一輩子一個人過時，我會在前往印度泰姬瑪哈陵的路上不小心跌倒，然後出現一雙溫暖的大手將我扶起。

和對的人相遇，這就是我旅行的意義。

希臘 聖托里尼島

一個人的蜜月旅行。

勇敢跳出舒適圈

由於臺灣近年來的低薪化，身邊有許多三十歲出頭的朋友，最近都紛紛選擇搬回中南部定居。

我和N君相識於約旦安曼。北上念書四年的N君，畢業後跑去澳洲打工度假兩年，然後拿打工存下的50萬元去歐亞流浪整整半年，返臺之後在臺北找了份工作。在澳洲體驗過高時薪的打工，N君深覺自己三萬出頭的低薪永遠追不上臺北的房租和物價；不願把每月辛苦所得貢獻給房東和財團，N君工作半年後毅然決定搬回高雄老家，吃住由家裡供應，賺的錢自己花用，當起三十歲的啃老族，窩在舒適圈中。

偶爾厭倦異鄉遊子的身分，當我返回臺中老家，發現小學的作文本與國中的畢業紀念冊還在，各種獎狀和獎牌安靜的躺在書櫃內，卡帶和CD一塵不染的擺在書桌上，內心好不激動。曾經在外漂流多年的遊子，想必都能體會箇中滋味。

印尼 烏布 梯田

家是全世界最棒的避風港，或許不像帝寶那樣氣派，只是一間老舊的小公寓，但只要能遮風避雨，一回到家，永遠有愛心餐點，永遠有乾淨衣物，永遠有家人陪伴在側，便是無可取代的幸福。

由於年輕時就北上念書，我和家裡的關係看似疏遠，實則如同蜘蛛和蜘蛛網一般相互依存。平時不仔細看不會發現的蜘蛛網，爾有陽光反射才會發現，原來蜘蛛不論如何移動，都離不開那張隱形的網。在諾大的空間中，蜘蛛只在結網的範圍裡活動，只要一離開蜘蛛網，蜘蛛就會無所憑藉。

我在學生時代是中規中矩的乖乖牌，踏入社會後雖然對不公不義的社會心存不滿，但依舊是循規蹈矩的小民，天生反骨直到36歲這年才顯現出來。

我和Ｎ君（右二）在約旦 安曼

確定離職並開始著手準備為期42天的旅行後，家人知道已無法阻止我，原本的勸阻態度轉變成殷切叮嚀，忽然間我從36歲的熟女變成明天要出門去遠足的6歲小女孩，被鉅細靡遺的交代著。

原本的勸阻擋不了我想前進的心，但家人憂心、關心的懷柔態度，卻讓我堅定前行的決心瞬間小小動搖了一下。

我明白父母寧可我把時間和金錢花在交友、工作、相親或充實自己，也不願我獨自一人去旅行；我明白父母不反對我旅行，但他們希望我先找到人生伴侶，再和另一半攜手去旅行。

我明白父母期望我幸福快樂，若旅行真能讓我快樂，他們絕不會阻止我；兩老只會無奈的在家中苦苦守候，無助的為我擔心再擔心。我懷著罪惡感默默收拾行囊，再度向那少得可憐的存款簿望了一眼。

在家中我是被寵被愛、呼風喚雨的小公主，不管幾歲，不管單身與否，在長輩眼中我們永遠都是家裡的小公主、小王子，但是一離開家，我便什麼都不是。

古代的王子、公主離開城堡，總會有小跟班隨侍保護，我離開自己的家，離開溫暖的舒適圈，陪伴我的只有一個10公斤重的大背包，以及少得可憐的盤纏，除此之外，旅途上我一無所有。

出發前夕，無法呼吸的窒息感依舊存在，不同的是束縛感少了許多，興奮感取而代之。我終於願意傾聽心底的聲音，給自己一次做夢的機會。我終於不必再讓自己成為優等生，只為得到別人的一句誇獎。我終於克服了工作和親友的阻力，成功說服自己為夢想踏出第一步。

明天我就要出發了，準備縱身一跳，在眾人驚訝、嘲笑、等著看好戲的冷眼旁觀下，跳出這層層疊疊的蜘蛛網。我即將走入未知的迷霧中，走多久、到多遠，未知。迷霧裡頭是否有高山、森林，是否有暗流、浮木，是否有白兔、猛獸，是否有城堡、真正的公主和王子，一切都是未知。

誰也不能跟我保證，接下來的42天會在旅途上遇到什麼狀況，我只能安慰自己，不順利的愛情是常態，不順利的旅行也是常態。

我終於下最大的決心，得到一次用力跳躍的機會。我終於跳出了以愛為名，綁架我、豢養我、寵溺我，卻也同時讓我失去成長能力的舒適圈。親愛的父母請不要為我擔心，我需要成長，需要勇敢跳出愛的舒適圈，闖蕩一番。

勇敢跳出舒適圈，告訴自己：不順利的愛情和旅行都是常態。

日本 北海道 摩周湖

出境入境之間

一個人旅行

像我這樣三十好幾的年紀，朋友們工作的工作、結婚的結婚、生孩子的生孩子，不是沒空、就是沒錢，要找到朋友一起旅行其實很難。

當我在臉書上宣布離職消息的同時，也順便號召願意跟我一起去旅行的勇者，但身邊的朋友不是勤奮向上的單身上班族，就是家中有老小要照顧的三明治一族，每個人都對我的這項壯舉感到欽佩和讚嘆，但真正願意和我同行者是零。

我並不意外會有這樣的結果。若是學生時代，有寒暑假可利用，登高一呼，或許還能輕易找到願意和我一起旅行的夥伴，但坐三望四的年紀，身旁的朋友已無青春熱血和閒情逸致，只為了一個模糊抽象的夢想，拋家棄子隨我出行。

在相同的社會氛圍和類似的成長環境下，朋友圈中生活壓力比我更大，更想掙脫世俗羈絆、更需要自由空氣的人多不勝數，既然如此，那為何只有我可以跳脫世俗的常軌，真的實現辭職去旅行的夢想？

日本 長野 善光寺

勇於挑戰一個人的旅行。

我想應該是我勇於放下，勇於從零開始，勇於挑戰一個人旅行。

過往的我，表面上是個光鮮亮麗的單身貴族，而這看似華麗的單身生活，實際上卻是由許多人的時間和陪伴所堆積、拼湊而成。

雖然我一個人生活，但時間多數為工作所占據，上班時有許多同事和客戶陪伴，生活忙碌充實；下班後，外向活潑的我，又被大小活動和飯局所包圍。有男友陪伴時，常常約會到三更半夜，才依依不捨的回到自宅；周末假期要不回臺中老家，要不就和朋友進行兩天一夜的小旅行。

雖然我的身分是獨居的單身貴族，但實際上我過著眾人圍繞的群體生活，嚴格說來，我真正一個人獨處的時間，就只有晚上12點到清晨6點，躺在單人床上的這段時間。

過往也有幾次獨自旅行的經驗，但都是短天數的小旅行。此次的旅行號召不到同伴，可以想像接下來42天的旅程，我將會處於和自己對話的完全孤單狀態。

一個人旅行，勢必不再有同事、朋友和家人的陪伴，旅途上若平安無事還好，萬一發生意外，無人可伸出援手，光是想像就令人感到驚慌無助。

如果可以選擇，我當然還是希望此行有人陪伴左右，畢竟依照過往的經驗，一個人獨自旅行和兩個人結伴同行絕對不同。

兩個人同行可以做的事情，絕對比一個人旅行還多，旅途上許多好玩的事情，兩個人肯定會比一個人盡興；兩個人同行，旅途中可以互相照應，一起分攤車資、住宿費，若對方的自助旅行經驗相當豐富，那更是可遇不可求的好旅伴。

但是好旅伴難尋，在聽過太多好友一同旅行、途中翻臉永不連絡的案例之後，我真心以為一個人旅行其實也不壞。

畢竟兩個人一起旅行，24小時全天候都一起活動，一起搭車、一起吃飯、一起住宿，若兩人個性合拍、彼此扶持，結伴旅行不啻為一個好選項。但兩人成長環境不同，愛好、習慣也不同，有人喜歡參觀博物館，有人愛逛街購物，有人吃素，有人不吃辣，有人早睡，有人是夜貓子，有人非星級飯店不可，有人住青年旅館也無所謂。

一同旅行時，兩個人就像是命運共同體，一起經歷種種關卡，分享苦難和快樂。絕非像平日相約吃吃喝喝，彼此開心的相處幾個小時，然後就可以拍拍屁股走人。

生活中的好友不一定是好的旅伴，這一點基本認知我還是有的。既然此行找不到同伴，我也只能自立自強，把獨自旅行當成是一項挑戰，當成是老天爺對我的人生考驗。我明白一個人旅行就像是跳級修練，唯有自己去摸索、去體驗，才能獲得結伴旅行時無法增進的功力。

對我來說，沒有什麼是絕對的，結伴旅行還不錯，一個人旅行也可以盡興，若將來結婚，有機會全家一起旅行應該也很愉快，但前提是要學習和自己作朋友，或是找到那個可以一起冒險、分享生活的人。

我期許這趟42天的一人旅行平安順利，幸運的話，或許還可以在陌生的異鄉，找到願意和自己攜手共度後半段人生旅程的另一半。

泰國 華欣

日本 金澤

別人無法複製的快樂

出發前我就先給自己洗腦：若這趟旅行不順利絕對是正常的。就像談戀愛一樣，在披上白紗結婚之前，都不算圓滿順利。我告訴自己，這趟為期42天的旅行基本上不會太順利，若是旅途中遇到開心、快樂的事情，絕對要心存感激、滿懷感恩。

也因為在行前已經幫自己打了預防針，因此出發時我反而沒有過大的壓力，沒有「萬一旅程不順利時該如何是好？」的不安焦慮。

快樂究竟為何？

小時候，追求快樂很簡單，就像夏天到了，公園旁的那棵大樹蟬聲唧唧，只要爬上樹，伸手就可以抓到無以言喻的快樂。長大後，快樂就像在日本求學時操場忽然下起的初雪，大家開心的仰頭伸手，努力接住從天而降的白雪；雪花一落入掌心便瞬間融化，同學們臉上的笑容和快樂，也在驚愕中轉為失望。

我們付出許多的努力，自以為抓到了快樂，然而快樂卻如同雪花般，短暫停留後消失無蹤。是我們的心態和方法不對，還是這世界的快樂原本就屬短暫，想要追求童話故事中「王子和公主永遠過著幸福快樂的日子」只是痴人說夢。

為了尋找答案，我選擇出走，踏上旅途。出發前，無人可以給我任何指引，出發後，期望可以在不停出境、入境的轉換中，藉由一段段的旅程，以及一個個的旅人故事，拼湊出糊模的答案雛形。

跳出舒適圈，揹著大背包獨自旅行的我，滿身大汗走在泰國鄉下的街頭，望著玻璃窗上映照出來的人影，不敢相信眼前這苦行般的我，和一個月前的上班族是同一人。

泰北 Pai

一個月前，我踩著名牌鞋、穿著當季流行的衣裝，在氣派的辦公大樓裡吹著冷氣開會。現在的我，踩著髒髒的球鞋，一身的T恤、短褲滿是汗臭味，站在雞鴨、狗屎比路人還多的泰國鄉間。

以前我總是在意別人的眼光，害怕他人的批評，不管是外表還是內在能力，我總是嚴格的要求自己。因此雖然光鮮亮麗，卻不快樂，我心頭的空間早被各種排名和評語所充填。

離開前，我總是抱怨別人不愛我，工作不夠好，錢賺得太少。從沒發現問題出在自己的心態上，我太在意別人，太在意工作，太在意收入，卻忘了在意自己。

如今，我獨自走在路上，披頭散髮、素顏狼狽，卻一點也不在意別人是否對我指指點點，一來這鳥不生蛋的鄉下地方根本沒人認識我，二來這裡的人們不管熟識與否，步行或騎車經過我身邊時，都會自然露出親切友善的燦爛笑容。

縱使語言不通，縱使一身狼狽，但在這裡沒人在乎我是否畫著精緻的妝容，是否拿著名牌包、用著最新的手機。這裡的人們只在意我從哪裡來、要去哪裡？我累不累、需不需要喝水？

在這個連地名我都很難記住的小鎮，一個人的價值不是由外在物質堆砌而成，而是回歸到最基本的一面，也就是這個人本身是否安好，是否需要幫助，是否開心快樂。

以前，若是想吃的人氣甜甜圈剛好賣完，或是喜歡的鞋子沒有我的尺寸，我總是會失望、不開心。現在當我滿身大汗、又餓又累，在路旁發現一家有電風扇的小吃店，我只會心懷感激，根本不在意小吃店裡賣的是什麼食物、好不好吃。

是不是最新款的人氣商品，價格貴不貴，這些無聊的堅持和喜好，在這裡瞬間都變得不重要。跳出舒適圈獨自旅行，這才明白一個人真正需要的東西很簡單，餓了有的吃、渴了有的喝、冷了有的穿、累了有的睡，其餘的全都不重要。

當你把不重要的東西都捨棄之後，久違的快樂忽然間就降臨了。在這裡，笑容是最好的化妝品，聊天交談是最棒的社交軟體，就連名牌包也比不上當地的手工藝品，小店裡的熱騰炒麵就是米其林三顆星。

我在泰國這個不知名的鄉間小鎮，重新拾回久違的快樂，彷彿《少年Pi的奇幻漂流》，經歷了一段別人永遠無法複製的旅程。

日本 四國 祖谷

旅行就是一場修行

日本山寺

藉由多次的大小旅行經驗，我明白獨自旅行無人可依靠、無人可訴苦，若是旅途中不懂得取捨輕重，最終為難的還是自己。

出發前我謹慎的打包行李，把該帶的、不該帶的，可帶的、不可帶的，清楚分門別類收拾好。到了機場，對自己的背包僅有15公斤的成果感到相當自豪。

此行我計畫遊走日本、韓國、印尼、馬來西亞、泰國，時值六、七月的夏日和雨季，光是輕薄的夏季服裝這一項，就可幫我省去不少的行李重量。

每天揹著15公斤的背包走8小時，應該就是我的體力極限，再往上加一公斤，我自知負荷不了，若要往下減一公斤，對已精簡到極限的行李，我真不知還有什麼可以留下。

出走後的第六天，當我來到日本四國地區的金刀比羅宮，望著那宛如天梯般的石階時，這才明白即便出發前我很自豪背包內所有物品皆非帶不可，沒有一樣多餘的廢物，待真正踏上旅途，15公斤×8小時的體力極限，遇上崎嶇山路或天梯石階，也只能無語問蒼天。

這才明白出走前那些充滿主觀的自以為是，只是為難自己的愚蠢想法，人生沒有所謂「非吃不可」、「非玩不可」、「非買不可」、「非做不可」的選項，只有取或捨、去或留，願不願意、快不快樂的選擇。

此行除了15公斤的大背包，以及少許的盤纏外，我能帶走的就是自己的意志。隨著旅程的進行，我的盤纏愈來愈少，行李愈來愈輕，意志卻隨著流浪歷程的磨練，愈來愈堅定。

日本四國地區的遍路巡禮，自古有「同行二人」之語，修行者獨自尋訪八十八座寺廟，看似孤獨的旅程卻不孤單，遍路的開山始祖空海大師始終會跟隨著修行者，給予精神上的鼓勵。

出走後，我對「同行二人」有不同的體認和解釋，不僅是四國遍路，任何時候、任何地方，同行二人，一個是我，一個是自己的意志。當意志堅定，孤獨寂寞便消失無蹤；當意志堅定，放棄的消極念頭不曾閃過；當意志堅定，旅程中令人崩潰的難關也不足為懼。

說來簡單，其實不易，宛如練功一般，堅定的意志力需要靠修行才能提升，而修行的第一步便是放下。出走前，放下名利和現實；出走後，放下身段和成見。

同行二人，我和自己的意志。

日本 四國

出走後，孤獨和寂寞感最容易侵蝕人心。

旅途中，出境入境之間，在機場、旅館、景點、餐廳，總會遇上許多陌生人，陌生人的微笑、陌生人的善意、陌生人的慷慨、陌生人的故事，就在和陌生人的交會相遇中，孤獨、寂寞一點一滴消失不見。

陌生人或許語言不通、面惡心善，陌生人或許衣衫襤褸、貧困殘疾，唯有放下身段和成見，在旅途中廣結善緣，才能消滅孤獨寂寞；若缺乏同理心，依舊高傲、帶著偏見，孤獨寂寞將如影隨形。

出走後，放棄的消極念頭每天固定上演。

旅途中迷路，跑錯機場，搭錯巴士，肚子餓，沒水喝，生病、受傷，被偷、被搶，沒旅館住，被湊合的旅伴牽連，只要一點點的不順利，就會有放棄的消極想法閃過，「乾脆跳上飛機回家吧！」、「何必沒事找事做？」，這樣的消極念頭每天緊咬著我。

消極是常態，對夢想絕望更是家常便飯。要放棄很容易，有時放棄是個選項，當走投無路、無法可想時，放棄，轉個彎，或許可看見不同的風景。

日本 東京 日枝神社

但是當放棄成為習慣，門會一扇扇關上，路會愈走愈窄，最後連無路可走的選項都沒有。所以即便路上荊棘滿布，挫折連連，我還是會告訴自己：「一定要咬牙走下去，絕不消極放棄」，因為我已無路可退。

流浪沒有想像中的困難，不過換個地方、換個方式生活，從有水電、有網路、有家人的小島，換到沒水電、沒網路、沒家人的異鄉生活而已。所謂的難關都是來自本身的偏見和無知，當你放下身段、放下成見，旅途中令人崩潰的難關都只是修行的過程。

修行就是旅行，旅行就是修行，一場無止盡的修行。

終點又回到起點

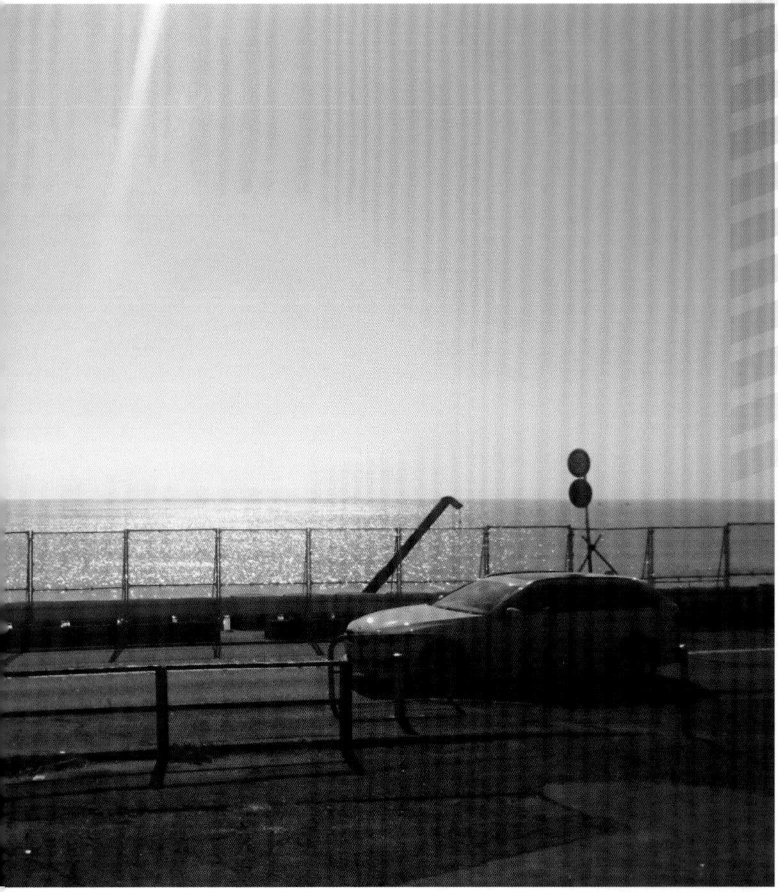

日本 湘南海岸

旅行的第18天，我從日本福岡返回臺北。這18天來，我走了日本關西、北海道、長野、京都和韓國釜山、麗水世博會，旅程長度已達到我的戀家極限，於是中場休息，藉著轉機返回臺灣休息一晚，明天繼續搭機前往印尼。

出走前，我除了每晚躺在單人床上的那6小時，其餘時間都過著被公司同事、客戶、朋友、家人和男友圍繞的偽單身生活，日子過得精采充實，生活過的緊湊忙碌，就好似每天大魚大肉，早就忘了清粥小菜的味道。

流浪過之後才知道臺灣真是個寶島，四季如春、物產豐富、人民和善、無敵便利。走過世界這麼多的國家，若有人問我最喜歡哪個國家，我肯定二話不說回答：「臺灣」。

在這18天的旅程中，我每天24小時和自己相處，嘗試與自己對話。

日本 北海道 函館

過慣了五光十色的都會生活，忽然間返回孤單冷清的一人世界，老實說，我真的非常不習慣；也或許我真的太久沒有和自己的靈魂對話，我發現自己的靈魂跟我賭氣，或是沉睡、躲了起來，不理會我。

我到了北海道，站在一大片美麗的繽紛花海與一望無際的綠色草原中，溫柔的風飄著薰衣草香，安靜的田野如明信片般的風景，六月的北方空氣甜甜暖暖、令人舒暢。

然而，理當令人心曠神怡的美景，我卻無法靜下心來欣賞。眼前這世外桃源般的自然美景只令我心慌，或許是脫離常軌不久，我的靈魂依舊在沉睡；有好幾次我嘗試和自己對話，卻總是失敗，望著眼前的美景，我的內心糾結了起來。

原來，和我處在同一時空的異鄉，有人遠離大都市，終日過著與世無爭的恬靜鄉野生活。這些人是出於自由選擇，還是迫於無奈才居住在這冬季嚴寒，交通不便、物資缺乏的北方小鎮？而我帶著面具，終日汲汲營營於五光十色的臺北都會中，是出於自由選擇，還是迫於生活的無奈？

如果是出於自由選擇，那麼在此次旅行中我若尋覓到心中的桃花源，是否就可以永遠安居下來？若是迫於無奈，那麼此趟旅行結束後，我是否依舊得返回臺北，再度帶起面具，過著和離職前一樣的偽單身生活？

居住在這裡的人們若是出於自由選擇，這些北國人民勢必明白他們為何定居於此。可以透過自由意識做出決定的人內心是強大的，就像我，明明有一份人稱人羨的好工作，卻自己選擇離開，踏上這趟未知的旅程，我的內心應該也是強大的。然而此時此刻的我，愈是接近歸途，內心愈是充滿恐懼、糾結不已。

在這趟旅程中，我學習和久違的自己做朋友，學習與自己對話，學習與自己和解，試圖從中覓得內心深處最真實的聲音。不管是眼前的美景，還是旅途中的過客，我學習坦然，學習放下，學習接納，然而近鄉情怯，愈是接近歸途，心頭愈是糾結、無法平靜。

內心之所以如此糾結，完全是過去的我所種下的因果。過去的我一次又一次無視心底的聲音，忽略自己的抗議，壓抑自己的想望。直到真實的靈魂如木乃伊那般被層層包裹，一層又一層，最後安靜沉入內心深處的不知名心海中。

出走前，夜深人靜時獨自躺在單人床上，偶爾可以聽見我那渴求解脫的真實靈魂，從心海傳來虛弱的無助呼喚聲；有時我會靜聽，有時我會故意裝作沒聽見。每天只有6小時睡覺時間的我，哪來的閒情逸致靜聽真實靈魂的聲音？於是在我一次次故意逃避，一次次視而不見後，我的真實靈魂終於沉入心海的最深處。

真實靈魂宛如種種自由意識的初衷，沒有真實靈魂的我就不算完整。沒有完整的靈魂，我就無法獲得救贖，無法靜聽內心的聲音，無法正視真實的需求，無法消除因此而累積出來的種種糾結。

唯有尋覓到完整的靈魂才能找回我的初衷，獲得救贖，理解自己真正想要的人生、面對生活。我坐在返回臺北的飛機上，望著桃園地區綠油油的稻田，心意終是堅定。即便飄盪再飄盪，孤獨再孤獨，終點又回到起點，我既然已經踏出第一步就不會回頭、不會後悔。

泰北 Pai 清晨

安定vs流浪

這天我從日本福岡搭乘轉機航班，打算在臺北休息一晚，隔日前往印尼峇里島。一下飛機我連家都沒回，直接拉著行李去和朋友們見面、吃飯。

好一陣子沒見的敗犬朋友們一個個花枝招展，細緻的妝容，一副隨時可以去約會的戰鬥裝扮。大家見到我風塵僕僕，揹著一個破舊的大背包，背包外掛著一雙防水登山鞋，身上還殘存著流浪的氣息，不約而同露出無法理解的神情搖頭。

我的背包裡頭塞滿一堆待洗的骯髒衣物，使用多年的背包早已傷痕累累，身上的衣服雖然乾淨，但在炎熱的夏日裡奔波一天，沒先洗澡就直接赴約，身上不免有些汗臭味。一個習慣吃好住好用好的36歲都會熟女，為何不安於穩定的上班族生活，偏偏要把自己搞得像個登山客或苦行僧？說登山客還是大家客氣，其實根本就是流浪漢。

「我以為妳過了30歲會比較安定，沒想到30歲後反而更變本加厲……」

「上一段戀情給妳如此大的打擊嗎？不然為何要放逐自己？」

「流浪有這麼好玩嗎？想到國外旅行，存點錢隨時出國就好了，何必離職呢？真的很可惜……」

「我有男性朋友可以介紹給妳，要不要現在立刻約他過來？」

「妳長得不差，能力也優秀，何必因為年紀自我放棄，現在臺灣三、四十歲還單身的人滿街跑。不要任性啦！明天別去印尼了，好好休息，下周跟我們去花蓮玩。」

朋友們你一言、我一句的好言安慰我，而我只能像個旁觀者，默默苦笑。我不過是想趁著單身、尚無其他牽掛的時候多走走，竟然招惹來如此多的想法和意見。

上班就是安定？

結婚就是安定？

旅行就是流浪？

旅行就是任性？

二十多歲時結交的朋友，很多人已經走入家庭，每天忙於小孩以及柴米油鹽醬醋茶，連

日本 四國

相約喝杯咖啡都很困難；就算難得相約，不是推著嬰兒車、就是帶著吵鬧的小孩。還未婚的人就和我一樣，每天過著忙碌的都會職場生活，下班後約會、吃飯、看電影、追劇、刷臉書。

結婚就是安定嗎？也不盡然，許多朋友上半年在美國分公司，下半年在德國分公司，一下被派到越南建廠，一下被派到廣東駐廠，一去就是一年半載，很少時間待在臺灣，若是單身還好，慘的是這些人多數有妻兒、有老公。

上班就是安定嗎？更不盡然，就我所知，許多人三天兩頭換工作，有人試用期未滿就離開，有人勉強撐個半年，有人則把每間公司都當成實習一樣，待一段時間、學點皮毛之後就離開；當然也有人被公司以不適任為由解雇，然後就是無止盡的待業，以及成為啃老族預備軍。若把公司比喻為城市，現今社會中這樣流浪在一座座城市之間的二、三十歲上班族還真不少。

結婚卻因工作不得已要遠距分離，無法天天和家人、孩子見面，這樣分隔兩地的婚姻生活算是安定嗎？在我眼裡這樣的長期出差外派，比不安定的流浪更慘，不管已婚或未婚。

流浪時還可以自己全權決定下一站，吃什麼、睡哪裡，而長期出差外派者，只能依著公司的政策隨風逐流，畢竟你已把時間、靈魂和未來都賣給了公司，唯一安定的就是每個月固定匯入的薪資。

另外，還有遠距分離延伸出來的劈腿、婚姻危機，男女皆同，不提也罷。既然上班和結婚未必與安定畫上等號，那為何旅行就是不安定？流浪就是任性？花自己所賺的錢旅行並非任性，深思熟慮之後的旅行並非任性，坦然面對自己的旅行並非任性。

非任性的我，在一次又一次的移動中感受到安定，因為未來由我掌舵。玩哪裡？住哪裡？在物價低的國家就吃好住好，在物價高的地區就刻苦一些，喜歡的城鎮就待久一點，不喜歡的地方就立刻跳上車離開，遇上合拍的旅伴就一起走一段，遇上難搞的旅伴就揮揮手不需留戀。我的時間，我的靈魂，我的未來屬於我自己，我不必擔心人生的下一站是由別人決定。

日本 北海道 十勝

我決定自己要去的方向，走在自己想走的路上，或許路崎嶇，或許路險惡，我無怨也無悔，若是不確定下一站要去哪裡，休息一下再繼續。不必討好別人，不必在意別人的批評，因為別人多數是不相干的路人，路人說的話隨便聽一聽。安定或流浪由我自己來定義，我的人生由我自己作主。

放棄的回程

日本 富士山上空

還記得剛出社會時，以為職場就像日本的服裝雜誌那樣，每天打扮得漂漂亮亮，開開心心上班去，一周七日，日日充滿青春色彩的粉紅泡泡。踏入職場之後沒多久，忽然明白原來服裝雜誌上的種種，宛如偶像劇和小說情節，一切只是虛幻。

真正的職場每天充滿戰鬥、競爭的黑暗氣息，趕車、打卡、上班、開會、被罵、被念、被問、被怨、午餐、咖啡、報告、加班、重寫、重做、下班、聚餐、約會、趕末班車。每天像個陀螺似的不停轉動，旋轉再旋轉，永不停歇。

離職出走前，我過著這樣的陀螺人生，那麼未踏入職場前的我又如何呢？偶爾，夜深人靜時，心底的感性因子發作，我會輕聲自問，在還沒成為人生的陀螺以及公司的螺絲釘之前，我的夢想到底是什麼？

依稀記得20歲的自己喜歡看愛情電影和言情小說，想法十分天真夢幻，最大的希望就是嫁入豪門，住美宅、開名車，和心愛的王子長相廝守，生幾個小寶寶，共組溫馨家庭，而我只要在家相夫教子，外面的現實世界與我無關，就算天塌下來都有老公頂著。

當時的我如少女般做著瓊瑤小說的浪漫白日夢。踏入職場後的十多年來，歷經種種洗禮，這才明白現實是殘酷的，愛情和職場皆是。

職場就是現實版的飢餓遊戲，自有它的一套規則以及運作方式，玩得起的人才有辦法在這遊戲中生存，玩不起的人不是自我放棄、就是陣亡被淘汰。可以在職場中生存下來的人不一定實力堅強，但一定是遊戲高手，或是有背景、有心機，爾虞我詐，或是會奉承、會撒嬌，男帥女美。同理，放棄遊戲或是被淘汰者也不一定無實力，或許是自我中心、不懂變通，或許是EQ差、不合群，或許是眼高手低、不切實際。

至於愛情，經過多年情海浮沉，我更是明白除非祖上積德，一出生就家財萬貫、不愁吃穿，一般人其實無法負擔豪宅名車，就算有幸遇上，豪門少奶奶這位子也非人人能坐。有擔當的肩膀雖然無關出身貧富，但男人也是人，他們也會害怕、沒自信，更不願意承擔非必要的責任。當然，一旦男人下定決心，會義無反顧的守護他愛的女人和家庭。但前提是女人要有本事讓男人愛上，心甘情願和你攜手過一生。

而我到了36歲顯然都還沒本事，找到那個願意愛我、呵護我一輩子的男人，說好聽點不是我沒本事，而是緣分還未到。

出走後，我過著每天睡到自然醒的生活，最大的煩惱就是今天去哪玩、吃什麼、住哪裡？日子過的逍遙自在，無拘無束。最需要擔心的就是一個人旅行時的自身安全，小心不要被偷、被搶，不要吃壞肚子，不要被蚊子叮，不要被大雨淋，還有就是慢慢減少的旅費。

隨著旅程一天天進行，我開始擔心原本就不多的旅費，是否足以支撐到整趟旅行結束，萬一旅費不足，或是途中發生意外導致開銷增加，無法支撐到整個旅程結束，屆時該如何是好？除了出發前在機場買了旅遊保險，我心想若真遇上這樣的難題，大不了就是買張回程的機票，放棄流浪飛回臺灣，中止這趟旅行。

放棄，不就是最簡單的選項？只要告訴自己，這世上沒有一件事情值得你認真。認真的人就輸了，即便是出走，即便是職場，即便是愛情，只要放棄就無須在乎、無須難過、無須負責、無須心痛，因為可以理直氣壯的說：「我已經放棄」。

日本 湘南海岸

當行程走到一半，我發現我已經改變出走前的想法。我放棄了我的職場生涯，好不容易才下定決心，脫離原本的生活軌道出走，若旅行途中稍稍遇到困難挫折就放棄出走，放棄好不容易得來的決心，哪麼這世上還有什麼值得我去堅持？連決心都放棄的我，究竟還剩下什麼？

那些喜歡說著：「當你認真就輸了」這種風涼話的人，只是不敢面對以及承擔責任的可憐蟲。我放下職場，放下愛情，放下一切選擇出走，若僅因為旅費不夠就選擇放棄，那不就等於放棄我自己？

人生旅程中最不能放棄的是什麼？工作、金錢、家庭、健康、感情？最重要的是不能放棄自己，當你放棄自己，那才是真的輸了。

泰北 Pai River

日本 龍王峽

脱軌人生

旅行是我的夢想嗎？旅行當然是我的夢想，但絕對不是我唯一的夢想，小時候我有許多的夢想，旅行只是其中之一。

出走前，我順著社會標準的制式軌道，一站站平穩地向前行駛，明星高中站、海外留學站、好工作站、買車買房站、戀愛站、結婚生子站。二十多歲時，我準時抵達戀愛這一站，滿懷希望出發後，卻一直抵達不了結婚生子站，最後列車燃料耗盡，終於拋錨在鐵軌上，動彈不得。

我以為只要等待燃料補給車到來，列車就可以繼續行駛，等了好久，補給車卻沒有出現。後來終於明白，補給車有年紀限制，只屬於青春少年，過了30歲就失去這項福利。補給車的潛規則讓我忿忿不平，但我別無選擇，只能順著原軌走。

我被迫離開舒適的列車，承受風吹日曬，獨行時看到幾輛熟悉的列車，飛快從我身邊駛過，一一超越了我。我的人生進度已經落後，我心慌的沿著原軌走到36歲，忽然有個男人出現說願意載我一程，急忙上車的我忘了問下一站是哪？反正只要有車可搭，去哪都行。

列車沿著男人的人生軌道前進，穿梭在陰暗的隧道中，我在迷霧中看到指標，男人的下一站是永遠單身站。這男人只想談戀愛，根本不想結婚，於是我急忙跳下車，列車停在一處充滿霧氣的黑暗森林後，男人和軌道便消失不見。

我無法找到回頭路，也尋不著我原本的人生軌道，我迷失了，迷失在人生的迷霧森林。迷霧森林陰森寒冷，透過月光，我看見眾多如行屍走肉般的黑影充斥林間，廢棄的鐵軌以及生鏽的指標漂浮環繞在林梢，這些廢棄物彷彿有生命般，個個垂頭喪氣。

我在迷霧森林中胡亂行走，每向前走一步，後頭的來時路就消失一步，前無指標，後無退路，我已無路可走。這個充滿瘴氣的陰晦區域顯然不是「我的世界」，是人生迷途者的世界。

一無所有的我反省著，已無驕傲和自負可言。出走前，我的人生一路行駛在平順軌道上，我自以為和那些迷途者不同；如今我站在這迷霧森林裡自欺欺人，否定自己和他們是相同世界的人。

若不是同一世界的人，為何我會站在這裡？我自認沒有迷路，只是搭錯列車，只是列車誤點了，還為自己到不了站感覺到委屈。但我顯然忘記了，「搭錯車」和「誤點」不就是脫軌人生的標準配備。

脫軌的我已無法回頭，下一站何去何從？失去通往成功的軌道，我是否還有其他人生軌道可選擇？

就在我懊惱這意外脫軌的人生，自問是否還有其他人生軌道可行時，一座熟悉又陌生的廢棄車站忽從空中緩緩降落；原本垂頭喪氣的小車站精神一振、點亮門口的燈光，燈光雖然微弱，卻足以照亮森林的黑暗。

這座車站的招牌我認得：「環遊世界站」，歪斜的字體屬於國小時期的我。「等我將來長大、賺夠了錢，我想要去環遊世界。」國小時，有次得了全校作文比賽第二名，我真誠許下這樣的心願。

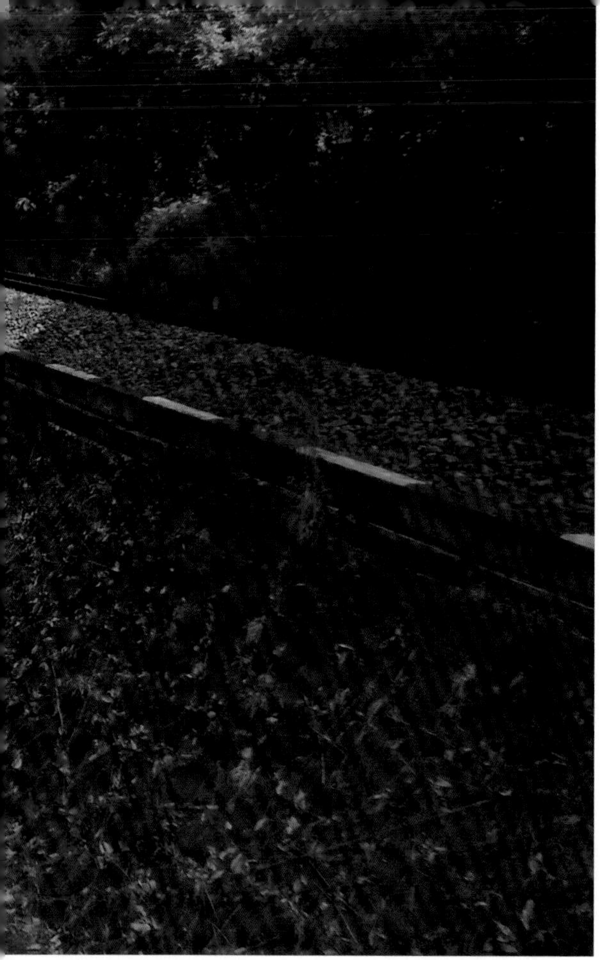

在我走投無路、又累又餓的站在陌生車站前時，是否該感謝年少時的夢想沒有遺棄我？在我既定的成功人生軌道中，並無環遊世界這一站，若我搭上列車，是否可順利抵達下一站？抵達後又可否銜接結婚生子站？還是我的人生將就此完全脫軌？

前無指標，後無退路，我明白這是唯一的機會，若不上車將會在這座迷霧森林中飄盪，成為林中那無名無姓、無臉無靈魂的眾多黑影之一，渾渾噩噩過日子。

我不安、害怕且疑惑，回頭望向迷霧森林的黑影，以及腳下不斷消失的來時路，除了這座車站，我已沒有其他選擇。環遊世界是好非好無人知曉，至少它是帶我離開迷霧森林的唯一機會，短暫掙扎後，我不安的跳上了列車。

我明白人生一旦脫軌，失去了既定的軌道，接下來的路只能

日本 高野山

靠自己鋪陳，靠自己一站站開山闢土。我明白脫軌的人生肯定會更加艱辛，脫軌後的沿途風光是未知數，或許更精采，或許更淒涼。

若不鼓起勇氣離開並努力向前，我的人生就會永遠迷失在迷霧森林，成為那眾多遊蕩的黑影之一，渾渾噩噩過一輩子。圓滿人生是我的，脫軌人生也是我的，除了咬著牙走到斷氣那一刻，我別無選擇，我的脫軌人生，我得自己勇敢負責。

旅人的日常

日本 四國 大鳴門橋

三十多歲單身上班族的常規生活，不外乎賴床、趕上班打卡、早會、在公司吃著御飯糰當早餐、開會、午餐、開會、下午茶、加班、下班、部門聚餐、進修語言、上瑜珈課，周末假日三五好友聚會，或是一個人去誠品吃早午餐、逛街、看電影，想充實自己的人，還可以選修一些學分課程。

那麼旅行者的日常呢？早上睡到飽，起床後隨性找家小店，慢慢享用早午餐，當天有行程就照著走，沒行程就洗洗衣服、逛逛當地市集，或找間咖啡館寫寫文稿，上網買車票、訂旅館，計畫接下來的旅程，然後就是晚餐的覓食。

我通常會找間旅人多的餐廳，利用機會和隔壁桌的當地人或旅行者聊聊天、交換情報，認識新朋友，幸運的話，還能找到志同道合、接下來可以一起同行的旅伴。

開始旅行時，因為剛脫離上班族生活的常軌，剛呼吸到自由的空氣，一切那麼新鮮有趣，就連用肥皂洗衣服，或是只能洗冷水澡這件事情都興致盎然。待旅程進行到一半，自由自在、無拘無束的旅人生活變得理所當然，一切轉為常規化、不再那麼新鮮有趣的同時，旅行者的日常又會面臨到另一個自我懷疑的關卡。

這一天我在曼谷，旅程進行到中段，早上臨時起意離開曼谷，前往海濱度假勝地華欣。趁著天氣還沒完全變熱之前，我趕緊離開旅館，前往曼谷巴士南站。

半小時之後，車子抵達巴士南站。前往華欣的巴士很多，每小時整點一班車，我買了十二點整前往華欣的車票，隨即揹著重重的背包，前往巴士南站的二樓買午餐。

曼谷巴士南站的二樓有很多速食店和餐廳，三樓則是美食街，我原本想坐下來吃泰式沙拉，但礙於時間不夠，只好買速食外帶。點了份 Chester's Grill 最便宜的 65 泰銖速食套餐，便匆忙的前往位於隔壁大樓的七號月臺。

或許是平日的關係，今天的大型巴士只坐滿五成。正午時分，飛馳的車窗外是曼谷六月熱季的酷暑陽光。我換到一個人的座位上，拿出筆電開始寫旅行日誌，同時利用臉書和 LINE 與朋友交換最新的情報，也上人力銀行的網站，為旅行結束後的現實生活找些自我安慰的保障。

我一邊刷著臉書，一邊看著公司同事更新的訊息，以及離職前經手的專利訴訟案最新進度，原本放空的慵懶思緒不知不覺跟著嚴肅起來。

如果我沒有離職，昨晚的部門聚餐照片裡頭就會有我的身影；如果我沒有離職，那件和日本公司糾纏已久的專利權訴訟案就會依然由我處理；如果我沒有離職，前天部門主管請大家享用的雞排加珍珠奶茶就會有我的一份；如果我沒有離職，我就不用再次登錄人力銀行，辛苦的投遞履歷介紹自己

泰國 清邁

刷著同事們的臉書，愈來愈感到沮喪的我，開始自我懷疑起來。幾年後，當公司的同事們一個個升職發財、五子登科，我是否依舊像陀螺原地打轉，依舊沒錢、依舊單身、依舊只會做著追尋自由的無聊白日夢？

不過才離開公司幾個星期，我就已經開始對未來的生活感到不安和恐慌。這趟旅行結束之後，我究竟該何去何從？會不會錢花光後、窮困到三餐無以為繼？

我所追求的自由非常抽象，無人可保證旅行結束後，我就能找到嚮往的桃花源，但為何我還是執意離開職場，脫離上班族的生活常軌，投入對未來毫無保障的旅行呢？

我想是渴望改變，渴望從出走中尋覓變化，進而找到自己遺忘已久的翅膀。我不想讓自己像隻美麗的金絲雀，被關在華麗的小籠子裡，過著被世俗常規豢養的生活，表面看似

日本 九州 太宰府

無憂無慮，實則終日哀怨自己無法展翅飛翔。

所以我選擇了離開，選擇了出走，不管旅行結束後有無收穫，已然造成的改變卻是不爭的事實，不是嗎？一想到這些，我那天人交戰的思緒似乎又稍微安靜了下來。

在我的旅人日常生活中，每日準時上演的內心戲小劇場，終於又順利的落幕。

北海道 北見

旅途中的風景

約旦 安曼

誰應該與我相遇

長途旅行的大部分時間都花在移動上，在國境之間轉換，在城市之間移動，搭飛機轉火車，乘地鐵換巴士，然後就是吃飯、睡覺，最後才是遊覽景點，嚴格說來，用在旅遊的時間反而最少，與其說我是在旅行，不如說是換個地方在異鄉生活。

開始一個人旅行之後，多數的時間都在和自己相處、對話，於是戴上面具的時間變少了，習慣性的偽裝漸漸剝落，人也慢慢變得坦白。一旦對自己坦白，有些出走前無法解開的糾結，就會忽然在某個景點、某間旅館、某輛巴士上自行解開。

不過是失戀、不過是離職、不過是沒錢、不過是單身，不過是沒功成名就，有什麼大不了的，過去那些令我煩惱、糾結、痛苦的只是我自己。

我的視野太小，而這世界太大，當我放下身段，讓小小的視野遊走在大大的世界，走進別人的故事，體驗不同文化，接受各種衝擊，忽然之間彷彿開了天眼，我的視野開闊起來。

日子在一座座的城市轉換之間流轉，出走前糾結的那些痛苦和問題，彷彿也在一天天的旅行中漸漸模糊、淡化。

出走前那些令我糾結的老問題依舊存在，我依舊單身、依舊沒錢，依然沒有功成名就，但說也奇怪，出走之後，這些依舊的依舊卻再也傷害不了我，再也不會令我痛苦、糾結。

出走前，我期望著能和某人相遇、相交，一起欣賞風景、一起開心大笑；出走後，我反而渴望和自己的孤獨相遇，渴望和自己相處、和自己對話、和自己作朋友。

過去的我一直害怕孤獨寂寞，所以才會故意把自己的單身生活填滿，把自己忙碌成每天只有6小時的單人床時間屬於自己。表面上光鮮亮麗、生活多姿多采，私底下害怕一個人獨處，害怕孤獨寂寞隨時來敲門。

出走後，我每天被迫和自己的孤獨寂寞相處。說也奇怪，原本害怕的事情一旦變成習慣，孤獨寂寞便不再令人恐懼。不再害怕孤獨寂寞的我，再也無需故意把生活過得忙碌不已，再也不急著把自己打扮得光鮮亮麗，不再害怕自己的生活被別人說很無趣，不再害怕孤獨寂寞忽然降臨來找我。

出走前的我半夜哭訴找不到人願意愛我，感覺全世界的幸福都遺棄我，渴望有誰能救贖我。出走後的我睡得香甜，生活過得踏實，老天爺關上所有的門之後，至少留給我一扇窗呼吸。

我開始懂得感恩，不再倔強，懂得欣賞人事物的優點，懂得謙虛，不再狂妄自滿，總以為理所當然，懂得用不同的角度來詮釋身邊的際遇和感受，包括寂寞孤單。

有時在車站的售票處遇到目的地相同的背包客，會一起搭車聊幾句，下車後互道再見，彼此分道揚鑣。有時在民宿旅店遇到志同道合、把酒言歡的旅伴，會很有義氣的相約走幾天行程，暫時拋開一個人旅行的孤獨。

在希臘遊輪上認識的德國女生

有時也會意志消沉，走不下去的時候我會找間好旅館休息，吃一頓美味的大餐，撒錢採買紀念品，把自己當成一日觀光客。

旅行一開始沒有計畫得非常詳盡，但我還是將想去的城市以及景點列成計畫表，畢竟唯有詳細的計畫表和充足的旅費可以安慰我的不安。

旅途的風景會看膩，唯有人與人之間的相遇才是永恆的風景。很多事情不是表面上那樣簡單，很多事情也不是我們想的那般複雜，是簡單或複雜，是表象或真實，唯心而已。

我逐漸明白，出走前所害怕的寂寞孤單其實不是件壞事，之所以害怕只因

日本 白川鄉 合掌造

日本 輕井澤

不了解自己。適時和寂寞孤單對話，會讓我們的思緒清晰，讓我們的心澄靜透明。一旦心思澄靜，糾結便有了出路，人生不再糾結，自然獲得救贖。

一個人旅行其實也不壞，獨自旅行的路途上，誰應該與我相遇？

愛在他鄉

日本 黑部峽谷

出走前的上班族生活過得精采忙碌，就算孤單寂寞找上門總有辦法排解，偶有孤獨寂寞也不至於讓這突來的情緒影響自己太久。

出走前曾經想過，萬一哪天旅費沒了，或是旅途中發生意外；生病、受傷、被偷、被搶等狀況，若旅程真的走不下去了，頂多回家結束旅行。但我萬萬沒想到旅途中侵襲我的問題，真正令我糾結、困擾的不是旅費，不是生病、受傷，不是被偷、被搶，而是獨自旅行的孤單寂寞。

剛開始一個人旅行時，由於新鮮和興奮感，加上要適應旅途中的種種細節，孤單寂寞不見蹤影。待行程進行到中段，已經適應旅行的種種，新鮮興奮感消失，緊繃的情緒也漸漸鬆懈下來。人一放鬆、腦袋一放空，孤單寂寞便開始找上門。

短期旅行尚可忍受孤單寂寞偶爾的逆襲，長時間旅行如何排解孤單寂寞就是個非常重要的課題。

旅途中常會見到感情很好的男女朋友一起旅行，後來才知道原來兩人是在旅途中相遇相知，進而成為情侶共同旅行。有些人在旅行結束後修成正果，走入婚姻；也有人只是旅途中的伴侶，旅行一結束，情侶關係也很有默契的跟著結束。

若能相知相惜，我不排斥在旅途中找到共渡下半輩子的人，但若只是為了排遣旅途中的孤單寂寞而愛在他鄉，我個人倒是不以為然。

旅程進行到中段，我舟車勞頓獨自來到泰國最北方的城市——美紅頌（Mae Hong Son）。這裡地處偏遠、旅客稀少，一下車我便感受到這裡的安靜寂寥。

這天我的情緒不是很好，情緒不好的原因很簡單，一抵達美紅頌，我立刻被這裡的恐怖蚊子大軍叮得雙腳紅腫、差點引發皮膚過敏，另外，已經獨自旅行許久的我，這幾天被強烈的孤單寂寞感侵襲，而我一直無法找到排解孤單寂寞的情緒出口。

揹著重重的行囊抵達湖畔的柚木旅館後，我準備前往夜市覓食。鎖上房門，坐在隔壁房間走廊木椅上的歐洲爺爺卻忽然喚住了我，和我攀談起來。我向來不是個會主動和人聊天的旅人，但若他人有需要，我倒是願意配合聊一聊。

歐洲老爺爺從曼谷附近的芭塔雅海濱過來，想到泰國最北方的美紅頌看看。他說在芭塔雅時有個泰國小女友，但小女友知道他並非有錢人之後，兩人便分手了，所以現在才會一個人孤單前來美紅頌。

聽得出老爺爺語氣中的孤獨寂寞，即便知道小女友跟他交往的目的是金錢，依舊希望在異鄉有個人可以作伴。奈何現實終歸是現實，錢在人在，錢沒了，人也不見了，老爺爺心中自是五味雜陳。

人老了，不就是想有個伴，可以一起平凡度日，更何況是在語言不通的異鄉。

即便知道對方不愛自己，即便知道對方只是為了金錢，老爺爺依舊希望有個人可以作伴，不就是因為人在異鄉備感孤單寂寞；縱使對方不是真心，只要有人願意陪伴身旁，也就心滿意足。

老爺爺說他的存款都被小女友拿走了，但是他不後悔。現在只能靠退休年金生活的他，很喜歡氣候溫暖、物價便宜的泰國，他不打算回歐洲，已經有老死在泰國的準備。

這天，疲憊孤單的我陪著老爺爺聊天，縱使我渴望能從中獲得解脫，得到情緒宣洩的出口，但兩人的靈魂個性不一致，就是無法產生共鳴。希望我的傾聽和陪伴，至少可以對老爺爺人在異鄉的孤單情緒有所幫助。

聊到最後我忽然憂心起來，老人家年歲已高，對這世界已無眷戀，是否會有一天忽然想不開，直接從旅館二樓的走廊一躍而下？

曾經有人陪伴，到現在孤獨一人，這中間的落差感，想必會比我一直都是獨自旅行更加感到落寞寂寥。

愛在他鄉，即便這份感情不是真心，無法天長地久，更參雜了許多現實的條件和慾望，但人在他鄉，感到孤單寂寞時總希望有人陪伴，或許當時陪伴在身邊的那個人就是對的人，不管這樣的陪伴是天長地久，還是短暫一程。

兩個孤獨的旅人相遇相知、愛在他鄉，不在意結局，一起遠走天涯。一個準備老死在異鄉的寂寞老人，不在乎天長地久，只在乎曾經擁有。

出走後我才明白，孤單寂寞是愛情的催化劑，也是壓垮旅人的最後一根稻草。

日本 湘南海岸

萍聚

少年不識愁滋味，為賦新詞強說愁。年輕時曾經參加救國團所舉辦的活動，〈萍聚〉是救國團活動必學、必唱的一首歌，當時年紀小懵懵懂懂，和同學們在晚會中唱著這首透著淡淡哀傷的歌，不懂何謂分離、何謂萍聚。

長大後留學日本，這才明白日文中的「一期一會」就是萍聚，意思是一生僅有一次的相會，勉勵人把握當下。為了求學、為了工作、為了旅行，我獨自在外漂流多年，終於明白人生旅程中值得珍惜的並非大山大水，而是每一次的相遇和緣分。

日本 MIHO 美術館

有些人在相遇的當下結緣，在道別的時候緣盡，記憶隨著時光消逝，永不再見。有些人在相遇的同時衝撞了彼此的靈魂，即便說了再見，回憶卻永久烙印胸口。

和義大利男人的靈魂衝撞就在美紅頌，在旅館的樓梯間。那天傍晚要不是陪著歐洲老爺爺聊天，延遲了前往夜市的時間，我也不會在樓梯間遇上義大利男人。

和歐洲老爺爺聊完，我下樓要前往夜市，一個聲音傳入耳中：「哈囉！妳從哪裡來？」隨著英語的問候聲，正在綁鞋帶的我抬頭一看，是一個人高馬大的外國男人。

男人有著一臉的親切笑容，他表示自己來自義大利，當天剛抵達美紅頌，回來旅館是為了換穿鞋子。他說附近有家叫做夏綠蒂的小酒吧，歡迎我一起用餐。

稍早才和歐洲老爺爺聊了許久，我的疲累全寫在臉上，我有些敷衍的回以微笑，沒答應也沒拒絕。短暫寒暄後男人步上樓梯，我忽然想起在義大利旅行時學的問候語，隨口向他喊了一聲「Ciao!（嗨！）」。

已經上樓梯的他愣了一下，又回過頭來正色問我：「妳剛才說妳叫什麼名字？」我想是我不按牌理出牌的那一聲問候吸引了他的注意。

稍後我獨自前往夜市，正在試穿一雙鞋時，聽見一個聲音從我身後傳來，回頭一看，是剛才那個義大利男人。只見他已經穿戴整齊，準備前往餐廳用餐。

「這雙鞋子好不好看？」我比了比腳上泰北風格的鞋，隨口問了他的意見。

「好穿嗎？」他反問，我肯定的點點頭。

「那就好啊！」他笑了笑，隨後又提了一次，夏綠蒂酒吧就在這條街的盡頭，歡迎我等一下過去坐坐，便消失在人群中。

我隨意逛了逛，走到夜市盡頭的酒吧，望了一眼發現裡面沒人，奔波一整天的我決定打道回府休息。

轉身離開後，我突然聽到了幾聲呼喊，那聲音愈來愈大，甚至追了過來。我回頭一看，只見義大利男人正站在夜市對街向我揮手，見他這麼激動，我以為發生什麼事情，於是走了過去。

原來這男人正在酒吧旁的義大利餐館用餐，看到我走過店前又走回夜市，才出聲喊我。男人坐在義大利餐館的露天座位上，桌上已經擺好一瓶紅酒。

「妳要不要跟我一起用餐？」他臉上掛著笑容殷切問著。

「我剛剛已經吃過晚餐了。」我僵笑。

這傢伙坐在餐館外頭，還面對著夜市的方向，難道說從剛才到現在他都坐在這裡等我？我望著桌上還沒開瓶的紅酒，有點驚訝。

「吃過晚餐沒關係，可以喝杯咖啡啊！」他笑著慫恿。

從他殷切期盼的笑臉，以及剛剛激動呼喊的神情，我明白又是個孤單寂寞、渴望有人相伴的獨行旅人。在這距離義大利幾千公里的泰北小鎮，這個萍水相逢的男人邀請同樣身為旅人的我一起用餐，並非因為喜歡我、對我有興趣，只是不想一個人孤獨用餐罷了。

「反正我等一下沒事，就陪你吃飯吧！」我嘆了口氣，終是點頭。

酒過三巡，我和義大利男人也聊開了，他打算在美紅頌待三天兩夜，明天準備騎摩托車前往泰緬邊境的少數民族小學，邀我一起前往，這回我毫不考慮的點頭答應。

和義大利男人一起吃飯、聊天後，我的心情開朗許多。單身的他幽默風趣，旅行世界各國的經驗在我之上，對泰國也相當了解，最重要的是我們兩個人年紀差不多、非常談得來，一見如故。

日本 北海道

在這趟旅程中被情緒低潮困住的我，終於遇上可以互相撞擊的靈魂，終於找到宣洩情緒的出口。我和他都是孤獨寂寞的單身旅人，縱使明白萍水相逢後是不再見面的轉身，但相逢自是有緣，當寂寞敲門時，可以安慰旅人的是彼此相知相惜的孤單靈魂。

出走後的我終於明白，何謂一期一會，以及萍聚的滋味。

約旦 佩特拉古城

日本 立山黑部

再一步就到終點

學生時代，期末考是學期的終點，開學日是寒暑假的終點，畢業典禮是考試生涯的終點。進入社會後，打卡下班是一日的終點，KPI是一年工作表現的終點，出走是職場生涯階段性的終點。戀愛的時候，告白是曖昧的終點，分手是兩人關係的終點，結婚是單身生涯的終點。

出走之前，脫下高跟鞋是一日的終點，偶像劇的最後一集是感動的終點，百貨公司周年慶的各種戰利品是虛榮心的終點。出走之後，填飽肚子的晚餐和舒服的熱水澡是一日的終點，穿越國境是一段旅程的終點，揮手說再見是萍水相逢的終點。

我在地圖上細數一個個想去的國家，並劃掉一個個完成的清單，當劃掉的國家愈來愈多，清單上的目的地愈來愈少，我便覺得距離夢想的終點愈來愈近。

當我在泰北美紅頌的旅館，靜聽歐洲爺爺訴說人生旅程的種種，忽然覺得原來人生的終點近在眼前，看似遙遠虛幻，但念頭一轉，人生的終點就在一線之間。

出走前不順利的愛情是正常的，出走後不順利的旅程也是正常的，人生並不會因為出走這件事忽然變得順利起來，原本糾結的人生問題更不會因為出走這件事全部自動解開。

當我揹著沉重的大背包迷路、搭錯車，跑錯航站、趕不上登機時間，目送飛機離開，找不到旅館可住，被騷擾、被歧視、被吃豆腐，水土不服拉肚子，被蚊子大軍狂叮到過敏，被偷、被騙、被搶，錢包瞬間被掏空，旅途上的種種困難和一道道關卡，一次又一次打擊我的自信心。

自信心一點一點被侵蝕、摧毀的我又累又倦又崩潰，待自信心徹底瓦解，到了無法走完旅程的臨界點，就是我收拾細軟回家的時刻。

日本 立山黑部

每當我沮喪、懊惱或氣憤的收拾著背包，連隔天返臺的機票都已訂好，甚至想把手上破爛的世界地圖丟進垃圾桶時，腦海中就會出現一幅畫面阻止我的衝動。我永遠忘不了出走前的那個五月天，我向公司請了半天假，跑到宜蘭的五峰旗瀑布，望著初夏的明媚風景，聽著孫耀威的悲傷情歌，內心卻糾結著是否要離職出走的畫面。

我是費了多大的勇氣和決心才辭職離開公司，在眾人驚愕的反應和一片不看好的情形下出走？我已經36歲了，不再青春無敵、熱血激昂，比起年輕人，出走後所花的每一分鐘，所走的每一步路，成本都高上許多，因為我已經沒有東山再起、重新追夢的年輕本錢。

好不容易才下定決心出走，好不容易才走到這個境界，若現在就返臺豈不是前功盡棄？遇到問題就逃避，遇到困難就退縮，遇到挫折就沮喪，這樣的我和出走前沒有兩樣，對這樣的我來說，出走的意義到底是什麼？

若出走的意義只是買張機票、帶著行李逃走，逃避刻板的工作，躲避不想面對的失戀，掙脫原生家庭的羈絆，花光所有存款，自欺欺人的以為出走後所有問題就會迎刃而解，那就太對不起我的夢想了。

若只是把所有的糾結和問題打包，裝進背包中環遊世界一圈，待旅行結束，背包中的人生問題依舊存在，甚至已經發酸發臭、無藥可救，難道這就是我要的旅行，就是我要的出走？

出走後，我明白必須在旅行的路上減輕行李重量，把背包中的人生問題一個個化解、一個個丟下，絕不能原封不動的把那些糾結和問題帶回臺灣。每每想到那個五月天，我在宜蘭五峰旗瀑布前糾結的畫面，想放棄返臺的軟弱念頭就消滅。

我放棄了一切，好不容易通過層層關卡走到這裡，若因為卡關就輕言放棄，那麼當初不顧一切出走的決心又算什麼？我放棄了一切來到夢想的路上，便不能放棄自己的夢想。

我已經在夢想的路上，只差一步就抵達終點，若是連堅持下去的勇氣都沒有，連完成夢想的毅力都沒有，連好不容易爭取到的出走都輕易放棄，不就等同放棄我自己？

我的出走就像是個圓，只有把行程走完，才能成就圓滿的靈魂以及完整的自己，在那之前我不能放棄，一旦放棄，就是放棄自己。

我明白，旅程的終點就是自己。

馬來西亞 吉隆坡

臺灣 清境農場

驛動的心

小時候，常和哥哥、姐姐擠在一個小房間裡作功課，在上下鋪的雙人床四周擺了三張大書桌，每每哥哥、姐姐放學回家，我就跟著他們一起作功課，等媽媽下班回來煮飯、吃晚餐，日子雖然過得清苦，卻也愉快充實。那個時候的物質生活匱乏，精神生活卻是滿足，每天全家聚在一起，腳踏實地的過平凡日子。

長大後，哥哥、姐姐各自獨立，結婚生子，我也為了求學輾轉前往臺北和日本，成為異鄉遊子。日子就像是地球的公轉、自轉，每天不停地轉啊轉，一眨眼，我已經來到36歲的熟女年紀。

在國外念了幾年書，返臺後換了幾個工作，交往過幾個男友，換了好幾個住所，最後在淡水買房落腳。買房後，漂泊多年的異鄉生活總算安定下來，但是住所穩定了，我的心卻依舊不安定，一天24小時的時間多數貢獻給工作，平常陪伴在我身邊的是工作夥伴和朋友，以及一張孤單的單人床。

出走前，花費最多時間在工作上，所換得的報酬和成就感，卻無法帶給我滿足和快樂，如狗般的忠誠和努力，不曾換來公司的另眼看待。

出走前最在意的戀愛，付出真心真意換得的下場，卻是慘不忍睹的謊言和分手。夜深人靜時經常在單人床上哭泣，為何我得不到幸福，為何想要的愛情和男人都遺棄我，周圍的人結婚生子如呼吸般自然，為何我想結婚生子比上月球還難？

出走前，情同姊妹的閨蜜好友，一個個遠嫁國外、結婚生子，每每看見閨蜜們臉書近況的幸福家庭生活，遭背叛的孤獨感便如龍捲風般席捲我，當初說好永遠不再理會臭男人，年老後要一起買房同住的承諾又算什麼？

出走前，歷經失戀、離職，生涯卡在不上不下的窘境中，工作不得志，單身沒人愛，存款沒多少，朋友皆遠去，內心充滿憤懟、不滿、沮喪、難過。

到了35歲，年紀邁入三字頭的後半，於是開始著急，努力相親、認真約會，只為了讓自己可以順利嫁出去。帶上虛偽的面具，說著言不由衷的對白，勉強自己，委屈自己，配合對方作了許多自己不喜歡的事情。撐了一段時日，最後終於明白，可以勉強一時，無法勉強自己一輩子，終於學會與自己和解，饒過自己。

放手後，也頓悟女生在婚姻市場的保鮮期只到29歲，30歲之後不是沒有機會，只是要費盡洪荒之力，才能找到一個願意坐下來和你約會喝咖啡的男人，更何況是攜手一生？當我們的稱謂從妹變成姊，年紀從二字頭邁入三字頭，在婚姻市場的成交機率有如崩盤的股市指數一路下滑，直到全面跌停板。

灰心了、死心了，於是不顧一切的離職出走，把自己丟到全然陌生的異國環境中，希望藉由時間、空間和陌生語言的隔閡，可以讓自己抑鬱寡歡的心扉冷靜下來。

出走前，家的存在和羈絆宛如隱形道具般，隨時可以取用卻不顯眼；出走後，家的存在感如同透過放大鏡，變得清晰且重要。

日本 貴志駅

我在泰北清邁叫了輛雙條車，司機大哥看我一個人旅行，用不流利的英語說；「妳的爸爸、媽媽和家人在妳的國家一定很擔心妳。」孤獨的旅人換來異國司機真誠的關心，當下我竟然想哭。

從小到大，我是個獨立堅強、善解人意的小孩，很少讓父母擔心，總是報喜不報憂。旅途中，我很少想家，也很少思鄉，我明白思念無法讓我成長，牽掛無法讓我進步，但是清邁雙條車司機的一句話，幾乎讓我的想念瞬間潰堤。

曾經以為我的家是一張張的票根
撕開後展開旅程，投入另外一個陌生
這樣飄蕩多少天，這樣孤獨多少年
終點又回到起點，到現在我才發覺
路過的人我早已忘記
經過的事已隨風而去
驛動的心已漸漸平息
疲憊的我是否有緣和你相依

日本 沖繩 殘波岬

日本 四國 大鳴門橋

驛動的心，思鄉的情，雙條車上的我忽然想起〈驛動的心〉這首歌。不管我走了多遠，獨自飄盪多久，家就像是一座堅毅的山，永遠在那裡等我。公司的政策會變，情人的承諾會變，閨蜜的義氣會變，只有家人的溫暖永遠不會改變，只有故鄉的氣息永遠令人眷戀。

旅途上的風景和邂逅再精采都只是過客，家和故鄉才是票根上的最終站，才是我流浪的終點。

日本 鬼怒川

寂寞公路

出走前，曾經因為男友沒時間陪我去看電影，賭氣的自己一個人跑去看，然後難過的在黑漆漆的電影院裡掉淚。

出走前男友曾經允諾，要帶我去看電影場景中的印度泰姬瑪哈陵，當時只冷冷回應他一句：「我自己一個人也可以去。」因為兩人其實已經貌合神離，他只是在敷衍。

出走前和男友面對面吃著知名餐廳的跨年料理，氣氛僵硬冷漠，兩個人之間不過幾道菜的距離，兩顆心之間卻是世界上最遙遠的距離。

出走前的我，整個世界只有公司、工作、朋友、男友、家人以及自己，我的喜怒哀樂都在這個不到一百人的小小世界中運轉和發酵，稍不稱心，我的小小世界彷彿就要天崩地裂。

工作不如意，有男友可以安慰；感情不順利，有閨蜜可以相挺；工作、感情都不順利，好友也不在身邊，至少還有家人可以撫慰。

「把套房賣了搬回家裡住，家裡不會介意多一雙筷子。」

「反正妳是女孩子，工作不重要，日子過得開心就好。」

「就跟妳說過之前那個男友不好，分手最好，我請媒人介紹其他優質男給妳。」

我明白家人的撫慰是包著蜜糖的毒藥，香甜溫暖，若我選擇吃下，將陷入舒適圈的漩渦中，永遠困在舒適圈的藤蔓裡，如同選擇安逸逃避，無法成長。於是我決定拋下一切，選擇了出走。

一個人旅行，讓嬌生慣養的我瞬間成熟長大。雖然過往的旅行經驗豐富，但旅行經驗不等於吃苦體驗，我獨自一人住在泰北小鎮 Pai 的木屋民宿，晚上七

日本 福岡

點多天色已暗，我正在洗冷水澡，啪的一聲燈光暗了，原來是停電。

這是我第一次在泰國遇到停電，不但是在偏避山區，還是在冷水澡洗到一半時。房內伸手不見五指，原本想靜待在房內等停電結束，但分秒過去，房內黑暗依舊，我只好穿起衣服走到屋外。屋外是木屋群的原始花園，同樣黑暗一片，大街兩旁的商店，家家戶戶點起蠟燭，我買了幾根小蠟燭，再度摸黑走回民宿。

隔天，我騎著租來的摩托車，沿著蜿蜒山路前往 Pai 鎮著名的大峽谷。回程路上才騎到一半，就下起山區午後特有的滂沱大雨。找了家咖啡館躲雨，山區咖啡館這天沒有營業，無法入內，又濕又冷的我獨自躲在屋簷下，望著落下的雨滴，全身冷的發抖。咖啡館外是 Pai 鎮有名的蜿蜒公路，全身濕冷的我狼狽望著眼前空曠的山區公路，一陣強烈的寂寞感忽然襲捲而來。

如果我沒有出走，昨晚就可以泡在溫暖的浴缸裡，洗個舒服的熱水澡，不用忍受冷水和停電。如果我沒有出走，現在就可以輕鬆的躺在我的單人床上，邊吃東西邊追劇，不用被大雨淋成落湯雞。如果我沒有出走，就可以衣著光鮮坐在東區的時尚咖啡館內，一邊喝著熱飲、一邊和朋友們聊八卦，不用全身冷到發抖。望著眼前下起滂沱大雨的山區公路，又濕又冷的我瞬間迷濛了眼睛。

人生有太多的如果，如果沒有如果，人生是否會簡單許多？如果沒有失戀，或許現在我已披上婚紗，說不定肚裡還有待出世的寶寶。如果沒有離職，或許現在我已經領了年中獎金，用來償還部分的房貸。如果沒有出走，或許我的人生依舊可以往前走，只是少了些許精采。

眼前這條空無一人的公路為何看起來如此寂寞，原本車來車往的山路是否因為這場大雨，人車躲避，瞬間空虛起來，我的人生道路是否也因為一場大雨忽然空了起來？

出走後因自己的愚蠢、偏見、傲慢、嬌生慣養，每天都得面對許多狀況外的狀況，但我也因此學會了樂觀堅強。失戀了不等淚水流乾，我自己用力把淚水擦乾，尋找下一段新戀情。辭職了，我更新人力銀行的資料，再次開放檔案，滿懷希望等待伯樂。錢花光了，我更加愛惜自己，讓自己的身體更健康強壯，反正錢再賺就有了。

山區的夜晚來得早，大雨滂沱中公路的燈光亮了起來，我不等雨停，決定跳上摩托車重新出發。騎著摩托車沿著亮燈的蜿蜒山路行走，雨水打溼我的臉，浸濕我的髮，我加快速度，一車一人，拖著燈光下的孤單身影，遊走在山區的寂寞公路上。

我明白有時候兩個人在一起，比一個人獨處時更加寂寞，兩個人在一起不代表從此就對寂寞免疫，自己一個人走也不一定就絕對會寂寞。

一個人≠寂寞。

日本 富士山

旅行的成本

許多親朋好友知道我喜歡旅行，總是問我：「這樣的旅行總共花了多少錢？」、「機票多少錢？」、「旅館多少錢？」、「吃喝玩樂的費用一共多少錢？」。有太多人規劃旅行時把重點放在金錢上，好像除了關心旅行費用的多少，其他都不重要。

機票要找最便宜的，也不管是否可以退票或更改票期；旅館要找最便宜的，也不管地點是否方便安全，環境設備對獨行旅人是否友善；吃喝玩樂都要找最便宜的，也不管是否會因為貪便宜而付出更多的代價。

很多人出發前會詳細規劃每天的行程，然後根據行程預訂每天住的飯店、甚至車票等，一站卡一站、一天卡一天，像是要撈回本似的，毫無讓自己喘息和留白的空間。

每每看見有人如此制式的規劃行程，我總會替他們捏把冷汗，在外旅行，除了金錢花費和時間，其實還有許多看不見的成本。

詳細縝密的行程規劃看似萬無一失，但旅行途中若發生不可抗拒的意外，無法順利走到下一站，無法入住已預約的旅館時該如何是好？因意外而衍生出來的旅行費用和開銷，又是否含在當初的預算內？

因此，每當有人詢問我這趟旅行究竟花了多少錢，我總會笑笑的說：「旅程順利、沒有意外時是一個金額，當旅程不順利、發生意外會是另一個金額，你想知道哪一個？」

人生的成本何嘗不是如此？順利時是一種成本，不順利時又是另外一種成本。

許多人詳細的規劃每一個人生階段，考上好高中、好大學，進入好公司，存錢買車、買房，找個好對象結婚生子，投資理財存退休金。就和規劃旅行時一樣，多數人的人生規劃毫無留給自己的空間，貪婪的期望一個接著一個，若是人生順利也罷，若是人生不順利，打亂了完美計畫的步驟，又該如何是好？

一個人旅行的初期，我帶著充足的旅費，吃住開銷奢侈浪費，但隨著時間過去，本錢漸漸變少，長期旅行，扣去交通費用，住宿是最大的一筆開銷，於是我從一開始的高級旅館降級到商務旅館，然後再降級到民宿、青年旅館。

日本 山形新幹線 Tsubasa

人生不也如此，一開始青春無敵、本錢十足，大把大把的揮霍著青春歲月，等到邁入中年，驚覺自己青春不再、本錢有限，開始降級至商務旅館，最後連多人共宿的青年旅館也妥協，就只為了節省所剩不多的本錢。

我的人生在尚未出走前算是標準的模範生，親朋好友總愛以我為範本提供給晚輩們參考，總有許多親友問我：「妳這樣到國外唸書，總共花了多少錢？」、「機票多少錢？」、「學費多少錢？」、「哪個學校比較好？」、「四年的生活費用一共多少錢？」……

有太多人在計算人生的成本時，把重點放在金錢以及社會標準上，好像人生旅程除了金錢，以及別人的眼光和社會評價，其他都不重要。

學校科系要找出路最好、學費最便宜的，也不管是否符合自己的志向；工作要找薪資最高、名稱最響亮的上市櫃公司，也不管企業文化是否良好，通勤是否方便；男友要找最優秀、收入最好的，也不管對方品行是否良好、個性是否適合自己。

許多人往往為了追求這樣的制式標準，忽略其中的意外和風險，因而付出更多的代價。

旅行的風險成本除了不可抗拒的氣候、天災，還有交通罷工、失竊意外等因素；人生的風險成本除了失業、失戀，還有疾病、事故等，很可能一夕之間傾家蕩產。

青春是本錢，風險是成本，當我們計算著這趟人生旅程的成本時，也應該把年紀大小以及意外災害等風險計入。

考量旅行的成本，有人偏好奢華旅行，有人喜歡背包客的窮遊，價格花費不同，樂趣卻可以一致；計算人生的成本，有人期望五子登科、存款滿滿，有人喜歡自由自在、瀟灑渡日，目標方向不同，人生卻都只有一回。

每個人只要為自己的人生負責，無需為他人的眼光、評價負責。

這一趟出走是要窮遊，還是奢華；這一趟人生旅程期望財富滿滿，還是兩袖清風，只要忠於自己，便是別人無法仿效的旅行成本。

人生的成本，不就是旅行的成本，不管是人生還是壯遊，與其問我的旅行成本是多少，不如先問問你自己想要一趟什麼樣的旅行，忠於自己，努力去達成，便是一趟開心的旅程，管它成本多少，為自己負責就好。

日本 河口湖

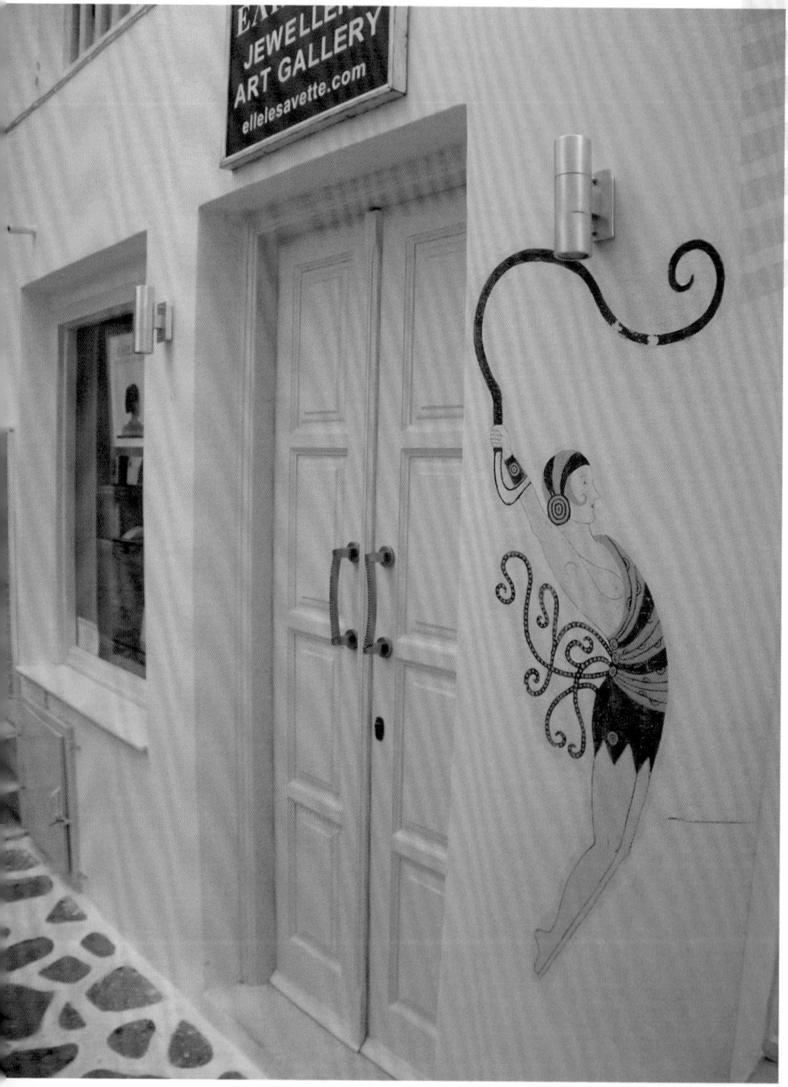

富裕人生

希臘 愛琴海小島

以前，我以為所謂的富裕人生，就是有一張好看的文憑，有車、有房，有份好工作和好收入，有另一半和幾個孩子，可以每年和家人去海外旅行，生活小康，日子簡單快樂便足夠。

曾幾何時，花了大把金錢留學，頂著亮眼的學歷回國，好不容易找到一份所謂的穩定工作，所得收入卻無法和留學的投資相比，更遑論微薄的薪資，扣除每月的開銷和貸款所剩無幾。

為了追求高學歷和好職業，大把青春光陰全部投資在學業和工作上，努力經營人脈，忽略了戀愛、結婚的終身大事。待意識到自己已不年輕、似乎該安定下來時，早就到了三十歲出頭的尷尬年紀，於是開始想要加快速度、趕上進度，盡全力往結婚生子的人生目標衝刺，只可惜跨過了三字頭的前半，戀愛、結婚、生子還是一直和我無緣。

無緣結婚生子，只好努力工作，至少可從中獲得滿足和成就感。然而在職場上，每個人都是踩著別人的屍體往上爬，不是你死就是我亡，趁早卡位便是贏家，物競天擇自古不變。

在職場廝殺，倦了、累了，想放掉工作、回歸家庭，想找個人依靠，作個相夫教子的人妻。說我逃避也好、不爭氣也罷，總之，我就是想找個男人結婚，終結單身，於是我努力相親，認真約會，想用最有效率的方式完成人生的大事。

欲速則不達，吃快弄破碗，人生不順利十常八九，更何況自古姻緣由天定，豈可藉KPI和SOP來達成。戀愛結婚這條筆直道路走不通，只能被迫繞道而行，既不想工作、也結不了婚，心灰意冷的收拾細軟回老家。

這才發現從出生到現在，我一直依附著原生家庭的羽翼成長，即便曾經在日本求學，即便現在一個人獨居，即便經常在海外趴趴走，我始終不曾脫離原生家庭的庇蔭和舒適圈，不管是工作、戀愛，甚至旅行，只要累了，倦鳥依舊想歸巢。

也曾想過乾脆賣掉淡水的小套房，搬回臺中老家，然後在住家附近隨便找份穩定的工作度日，然而想歸想，終究沒有行動。老家雖然舒適，但就像是靜止的時光機，亦或浦島太郎的海底龍宮，會讓人不知不覺遺忘時間的運轉，讓奮發成長的心志消磨殆盡，慣於安逸，這並非尚有鬥志的我所樂見。

在老家蝸居了好幾天，總算恢復精神，於是更加堅定我想要放下一切、勇敢出走的信念。

出走前，我的世界只有工作、戀愛、家人、朋友、收入、存款、車子、房子、美食、購物，以及行

事曆。出走後，赫然發現世界之大，非渺小的我所能想像。

在泰北清邁，貧困的人力車伕就近在旅館外的茅草屋席地而睡，沒有門板和家具，醒了就工作，累了就睡覺。每天早上我從旅館出門時，人力車伕就會立刻站起來，給我一個最燦爛的笑容，跟我道早安，即便我在旅館住了一星期，不曾搭過人力車。

貧窮的人力車伕居無定所、家無長物，然而他卻擁有燦爛笑容，那打從內心散發出的滿足光環，好似只要能活著就很幸福的氛圍，是一身名牌的冷漠都市人所無法理解的世界。

泰國 清邁

我的世界，念完大學再念碩士，有了小車要換大車，有了小屋要換大屋，升官還要再升官，有錢還要更有錢，總覺得別人不夠愛我，永無止盡的欲望和目標，為了得不到的物質和感情黯然神傷。

出走前，我的心彷彿有個缺口，靈魂的某些片段不知流落何方，不管裝進多少物質和情感，永遠無法獲得滿足。出走後，心的缺口漸漸被開竅的世界觀補上，不知流落何方的靈魂片段也慢慢找回。

我終於明白，以往的我隨波逐流，跟著社會的標準起舞，拼命追求不想要的，所以我不快樂。出走後，透過自己的腳步和雙眼，我終於能夠填補心的缺口，拼湊出完整的靈魂。心和靈魂圓滿了，曾經置身迷霧的眼界也就頓時清朗許多。

沒錢、沒工作不代表失敗，有錢、有工作也不代表成功，不預設立場，打破傳統的價值觀，以尊重代替偏見，以務實取代空談，重新確立自己對富裕人生的定義。

我的富裕人生由我自己定義，我的幸福由我自己感受，只要認真生活，問心無愧，可以毫不造作的笑就是幸福，每天過得幸福，富裕人生自然圓滿。

印尼 婆羅浮屠

幸福是發自內心的燦爛笑容。

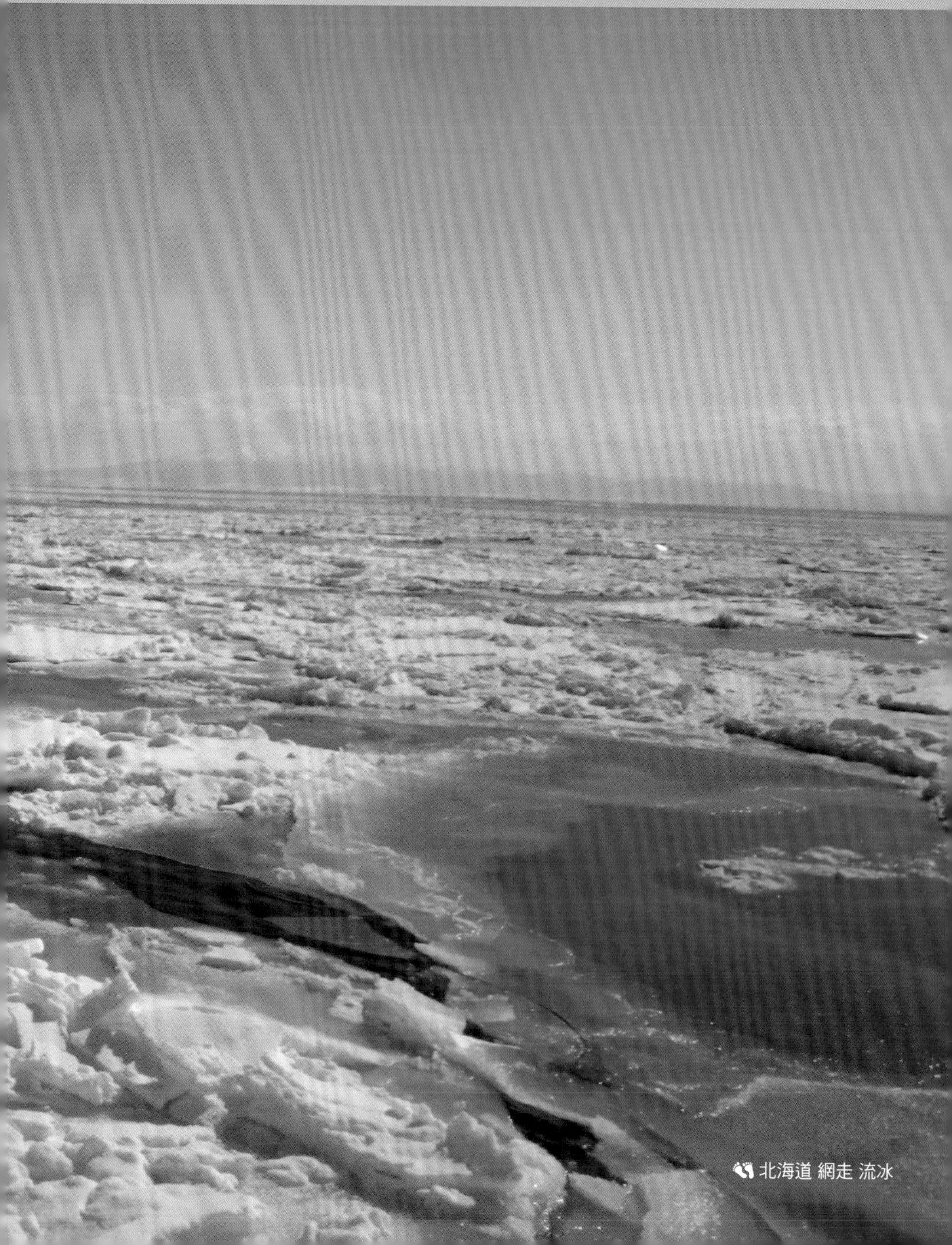

北海道 網走 流冰

生活中的旅行

歸零

出走前，我的人生有幾度歸零。第一次是15歲，從中部老家上臺北念高中，一個人離開溫暖的舒適圈，家庭生活歸零。然後是二十多歲，離開熟悉的臺灣，一個人前往日本求學，故鄉生活歸零。接下來是30歲，離開留學5年的日本，一個人帶著兩大箱的行李返回臺灣，留學生活歸零。最後一次是36歲，我離開職場，一個人進行42天的旅行，上班族生活歸零。

我的人生一次次的出境、入境，生活從零到有，再從有中歸零，歸零之後重新開始，不斷的輪迴。每一次的出走和歸零都具有正面意義，都是為了讓自己的人生履歷更上一層樓，家庭生活歸零是為了北上求學，故鄉生活歸零是為了留學日本，留學生活歸零是為了返鄉工作，直到36歲職場生活歸零。這一次的歸零不是為了求學或工作，而是出走。

出走前，我並不知道拋下一切的這趟旅行會有什麼樣的過程和結果；旅行結束歸來後我終於明白，旅行不過是出發、尋找、學習、返回的交集。

出發前，心是空的、存款是滿的、腦袋是困惑的；歸來後，心是滿的、存款是空的、腦袋是清晰的。有得有失，有失有得，失去的金錢可以再賺，得到的心滿意足卻是老天的恩惠。我抱著感恩的心結束42天的旅行，歸來後我重新來過，重新設定、重新啟動我的新生活。

日本 東照宮

出走前，我學習到放棄，也就是放下一切，斷捨離；出走後，我放棄了學習，也就是拋下過去所學，丟棄成見，重新開始。在旅途中我認識形形色色的旅人，從他們身上以及沿途的所見所聞，我發現自己的傲慢無知與膚淺狹隘，進而明白唯有拋下過去所學，丟棄成見，才能夠接受新知，不斷成長。

出走前，只要有足夠的勇氣即可放下一切，斷捨離；出走後，要拋棄對所學的執著卻是無比艱難。從小到大，學校只教導我們學習，卻沒有教導我們「放棄」學習，正如學校只教導我們追求成功，卻沒有教導我們失敗的意義。

在一次次的異文化衝擊中，我不斷修正我的想法，後來發現修正是不夠的，所得到的體認將不夠完整，唯有拋棄腦袋中既有的想法和成見，才能夠真正接收到完整的當地文化。於是旅程中我不斷放棄所學，讓我的腦袋一次次歸零。

旅行結束的前幾天，我感到非常迷惘，也很不快樂，我在人力銀行網站看著面試的邀約，猶豫著是否該按下接受邀請的回函。若我接受面試，回到原本的工作崗位，回到原來的人生軌道，那麼這趟出走將只是我漫長人生的一段小小插曲；若我不接受面試，不回到原本的職場和工作崗位，那麼我還可以做什麼？我到底想做什麼？

啟程前，我的出走計畫只列到平安返國這一天，對於接下來的職涯和人生並無明確規劃，我天真的以為在這趟旅程結束前，迷惘的我可以在旅途中得到我想要的答案。然而旅行的後期我才明白，出走旅行無法直接告訴你接下來的路該如何走，但旅途中所接觸到的人事物，卻可以化為人生的各種養分，幫助你描繪出心中夢想的形狀。

心中的夢想曾經枯萎、曾經沉默、曾經自卑、曾經躲藏、曾經逃避，但出走旅行所得到的養分，終於讓它又有勇氣重見天日。歸來後雖然對未來感到不安，但這種歸零的快感反而讓我產生重新面對夢想、邁開腳步努力衝刺的強烈慾望，我終於找到另一個自己。

日本 京都

人生已經歸零，已無需再害怕失去什麼，也無從再去和別人比較什麼。歸零是獲得新生的第一步，而旅行是學習歸零的方法，停止和他人比較，學習放棄，放棄學習，旅行結束，歸零之後，我終於找回另一個自己。

歸零不是一無所有，是新的開始。

歸零之後，
重新來過。

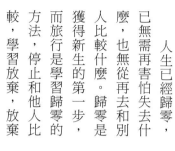

日本 奧入瀨

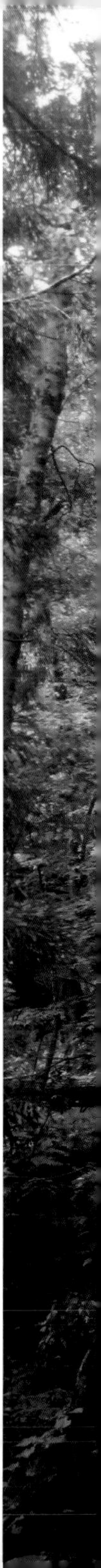

臺灣，你好

出走之前，我對臺灣的認識少之又少，臺灣對我而言，只是活動範圍不出家門五百公尺的無聊小島。我對臺灣的認識來自於每天的新聞報導，我以為報導中的負面事件等同臺灣，以為無趣的臺灣就是整個世界。

出走之後，和世界各地的旅人相處交流，這才知道原來臺灣在他們眼中是如此精采有趣。旅人說喜歡臺灣的人情味，我說那是日常的生活；旅人說喜歡阿里山的神木，我說自己只去過一次；旅人說喜歡臺東的海，我說自己從沒去過；旅人說喜歡臺灣夜市的小吃，我說自己從小吃到大；旅人說喜歡臺北捷運的便利舒適，我說那是基本的需求。

原來不是每個國家都有濃厚的人情味，不是每個國家的土地上都有千年神木，不是每個國家的邊境都有海岸，不是每個國家都有美味平價的夜市小吃，不是每個國家都有便捷舒適的大眾運輸，出走之前在我眼中理所當然的這些臺灣特色，在外國旅人眼中卻是難能可貴的優點。

我從世界各地的旅人眼中，重新認識了從小生長的這座小島。臺灣有山有海，交通便捷，從最北到最南，車程不過6小時；臺灣四季如春，物產豐富，冬不降雪，夏不酷熱，水果優質又便宜；臺灣人情味洋溢，人民勤奮、溫文有禮，最重要的是治安良好；臺灣健保普及，醫療水準領先國際。

歸來之後，我懷著感恩的心情前往診所或醫院看病，在臺灣，區區幾百元就可以掛號就醫，在國外，少說也要上千元，甚至在某些國家，就醫看病是有錢人的權利，是富人的特權。

我從未思索過這些在臺灣的理所當然，在許多的國家中卻屬難能可貴，值得好好珍惜。於是歸來後我開始利用假日，或是和朋友、或是一個人，前往一些從未造訪過的臺灣景點。

日本 沖繩

沒有假期時，我就利用零散的時間前往臺北市區的老街、廟宇和觀光景點，試著去了解讓老外津津樂道的龍山寺和九份，究竟有何神奇魅力？試著重新了解臺灣的本土歷史，以及因歷史而衍生的老街人文風華。

出走之後我才明白，大山大海或知名的世界遺產固然精采，但是故鄉平凡又熟悉的味道，才是我心中的歸屬。於是，歸來後我沒有回到原本的職場，我捨棄朝九晚五的上班族工作，進入了旅行社，開始擔任日本旅客的日語導遊。

九份、故宮、龍山寺、行天宮、士林夜市、臺北101、迪化街、鼎泰豐、鶯歌、淡水、日月潭、太魯閣、三峽老街、安平古堡、高雄龍虎塔，藉由工作，這些以往對我而言相當陌生的景點，漸漸變得熟悉起來。

以前的我，出了熟悉的舒適圈便搞不清楚東西南北，現在的我，熟悉臺北市區的每一條主要幹道、每一個熱門景點，以及它們的歷史和故事。我帶領著日本旅客，一步一步的了解臺灣，了解臺灣的過去和現在。

藉由了解臺灣，我開始明白，原來出走之前覺得這座小島無趣，完全是因為自己不了解臺灣。

出走之後，藉由與各國旅人的接觸和交流，我從他人眼中看到不同的臺灣。透由各國旅人眼中的臺灣，我開始反思自己過往看待臺灣的狹隘視野。

出走以前，覺得臺灣無趣，是因為自己無知；覺得臺灣沒有競爭力，是因為自己沒有國際觀；覺得臺灣是鬼島，是因為沒有見識過真正的地獄；覺得臺灣沒有大山大水，是因為不懂小家碧玉的美好。

臺灣 司馬庫斯

出走之後，旅途上的種種，讓我選擇歸來後成為一個日語導遊。藉由這份工作，也讓我開始重新認識臺灣、了解臺灣，進而認同臺灣，認同這塊從小養育我、照顧我平安長大的土地。

臺灣，我的母親，在平凡的故鄉土地上，尋找最不平凡的風景。

臺灣，你好，很開心認識你，請多多指教。

韓國 麗水 世博會

生活就是旅行

出走旅行到了後半段，習慣了旅行的節奏，新鮮感不再，興奮感不再。每到一個城市，大約半天的時間，就可以搞懂當地的習俗，快速融入當地的生活。住廉價的民宿或青年旅館，起床、吃早餐、閒逛、吃午餐、閒聊、喝咖啡、洗衣服、吃晚餐，雖是旅行，但其實是在旅行中生活。

我嘗試以在地居民的觀點來看待身處的城市，觀光景點不再是主角，反而是日常的生活成了重心。我在一座又一座的陌生城市中流浪並生活，試圖在觀光客和在地居民的身分間取得平衡點。

結束旅行歸來之後，我的生活又恢復以往的制式化和忙碌，住在淡水的小套房，起床、吃早餐、工作、吃午餐、工作、吃晚餐、帶旅客逛夜市或按摩、回家，生活依舊是一成不變的樂章。

歸來之後，工作占去了大部分的時間，每每工作到半夜，追趕臺北捷運的末班車成了常態。雖然工作領域改變，但忙碌程度不變，工作天數和時數甚至超越出走前，我的生活又恢復早出晚歸，在家的時間只有每天躺在單人床上的6小時。

每每累得躺在床上，望著牆面上的旅遊明信片，思緒遠颺，出走的念頭經常一閃而過。想要再度出走的念頭不曾中斷過，然而我明白，第一次的出走是必要，短期內的第二次出走只是想要。歸來後的我，生活歸零，重新來過，若無可以說服自己的強大理由，我不會輕易地進行第二次出走。

無法旅行的日子，想旅行的念頭卻蠢蠢欲動。手拿導遊旗帶領旅客前往觀光景點，看到外籍旅人揹著背包，遊走在飄著雨的九份石階小巷中，那似曾相似的身影，瞬間我跌入出走時的流浪氛圍。

無法旅行的日子，只能從忙碌的生活中尋找旅行的氣味。我常常利用空閒時間，前往臺灣島上的陌生地點旅遊，這些地方不一定是知名的景點，可能只是有間文青書店的虎尾小鎮，或是宜蘭車站旁廢棄倉庫改造的二手書店，甚至只是為了一道小吃，千里迢迢跑去鹿港的菜市場。

有時候只有幾個小時的休息時間，我會揹起小背包進行一趟城市小旅行，從城市的北邊搭捷運來到城市的南邊，來到陌生的大學城，隨意走進一家充滿學術氛圍的咖啡館，喝杯咖啡，放空自己。有時候會像出走旅行時那樣，找家充滿異國風情的餐廳，一邊獨自用餐，一邊看自己喜歡的書，或是什麼都不做，聽著店裡播放的異國音樂。

臺北 信義計畫區

歸來之後，無法旅行時，我會從日常生活的片刻光影中，尋找旅行的味道。在路上見到一臉疑惑的外國背包客，我會主動過去詢問是否需要幫忙；一個人前往四重溪溫泉，遇到前不著村、後不著店的窘境，我會勇敢的伸出手來攔便車；旅行時認識的香港女孩前來臺灣旅遊，我善盡東道主之情誼，帶著她東奔西跑遊臺灣。

歸來之後，我學會用另外一種視野看待生活。出走前我三餐在外，很少自己下廚煮東西，但旅行時的歷練，讓我喜歡上自己動手做料理。有空時，我會前往超市採買食材，煮些旅行時所學到的簡單菜色，或是義大利麵，或是法式迷迭香雞腿，或是手作漢堡排。

出走之前，我不太懂得生活，我的生活，簡單而言，就是工作以及和朋友吃喝玩樂，扣除這些時間，以及躺在單人床上的6小時，我獨處的時間所剩無幾，即便是難得的周休假日，也都在睡覺、追劇，以及和朋友的吃喝玩樂中度過。

出走前，我不會下廚，不會去市場，不會一個人去陌生地點，不會走出我的舒適圈，不懂怎麼和自己相處，不懂何謂放空。歸來後，我開始體會生活，就像一個人旅行時那樣，起床、吃早餐、洗衣服、吃午餐、閒逛、喝咖啡、下廚、晚餐。

我的生活節奏和出走前沒兩樣，依舊是早出晚歸，忙碌充實，但我留了許多時間給自己，也開始懂得把生活當作是日常的旅行。我開始懂得保有好奇心，從日常生活中尋找樂趣，尋求和旅行時相似的氛圍，尋覓和旅行時相仿的感動。

出走後，旅行就是生活；歸來後，生活就是旅行。

日本 九州 熊本

重新設定夢想

從小到大，我被灌輸的「成功人生」定義，就是努力念書，上好高中、好大學，找份穩定工作，進入好公司，買車、買房，找個好對象，結婚、生子。我的家庭灌輸給我「女生長大後就當老師，男生長大後就當醫生」的觀念，因此，我的兩位姐姐都成為老師，我唯一的哥哥是醫生，就連我自己從日本歸國後，也曾經當過一陣子的日文老師。

出走之後，我打破舒適圈的規範，生活不再侷限於學校、公司和家中。我在旅途上遇到許多的人，或是餐廳老闆、或是雙條車司機、或是記

泰國 Pattaya

者，或是攝影師，或是藝術家，或是遊民，或經驗豐富的旅人，這些人從事我以往未有機會接觸的各類職業。我這才知道，原來世界這麼大，原來職業百百種，人生除了成為老師、律師、醫師之外，還有其他的選擇。

出走後，我從許多陌生人身上學習如何生存和生活，無聲撞擊我自以為是的僵化觀念，這才知道，出走前，我的世界如此渺小，我的世界觀如此狹隘。歸來後，我的視野寬了、眼界大了，我了解到夢想不該只有一種版本，不是每個人的理想職業都是老師、律師、醫師。

我開始反思，並重新傾聽內心的聲音。出走前，我遭遇工作瓶頸，卡在不上不下的窘境，雖然不討厭當時的職位，但薪資不高，加上我已36歲，在年輕世代輩出的職場，已看不到遠景和未來；最重要的是我自己很清楚，對於這份工作，我的熱情一直沒有出現。出走前，我活在別人的價值中，不曾對自己的職業和選擇感到懷疑，畢竟我所在的公司和職位是人稱人羨的。

出走前，我急著想要結婚生子，急著想踏入人生的另一個階段，只因大家都說我年紀不小，應該結婚了。我在乎別人的眼光和評價，大過於自己的想法和感受，所以我從未問過自己，是否喜歡現在的自己，是否喜歡自己所選擇的一切，是否真的想要走入婚姻？

出走後，我了解唯有聽從內心的聲音，遵循自己的夢想，人生才能踏實，才能快樂，才能滿足，畢竟人生是自己的，不是別人的。

泰北 Pai

歸來後，我讓自己的人生歸零並重新設定，包括我的夢想。夢想很重要，它是支持你在混沌世間努力生存的一個重要因素，人若沒有夢想，就沒了希望，沒有希望，就沒有繼續打拼、生存下去的動力。

歸來後，我完成了出走的夢想，更明白實現夢想需要做出犧牲，付出一定的代價。我自問，接下來的夢想為何，十年後我想要成為怎樣的人？

夢想若不切實際，就成為空談，一旦淪為空談，就是做白日夢。當夢想成了白日夢，就是不切實際，一個不切實際的人生，等同於失敗的人生。若我遵循心中的聲音和夢想，十年後又會成為怎樣的人？

剛結束出走旅行時，對於接下來的工作也曾掙扎猶豫過，自問是否該回到先前的職場繼續奮鬥，人力銀行的履歷表也是開了又關、關了又開。我只知道，自己不想再從事需要打卡、朝九晚五的辦公室工作，可以的話，希望我的工作可以結合夢想。一份可以帶來收入、讓我不愁吃穿的工作，而工作的內容又不會背離我的夢想。

充滿未來感的夢想雖然重要，但夢想不是逃避，若只顧著完成夢想，卻失去生存能力，未來便是空談。沒有收入，就無法過日子，更別說夢想，就連三餐都有問題。

出走前，我懵懵懂懂；出走後，我重新設定自己的夢想；歸來後，我腳踏實地走在重新設定的夢想路上。

追尋夢想永遠不嫌晚，夢想的起跑線永遠會在你真心企盼的當下出現。出走旅行只是實現夢想的第一步,見識過外面的寬廣世界,踏穩第一步之後，才能真正知道，如何為自己重新設定的夢想跨出第二步，世界很大，夢想也就跟著變大。

未來的人生由夢想出發。

日本 東京

長途旅行的後遺症

日本 富士山

出走前，我規劃了這趟旅行要去的國家，要準備的行李清單，要花費的時間和金錢，以及要承擔的風險。歸來時，想去的國家已去過，時間和金錢已用盡，旅途中必須承擔的風險也平安度過，唯一沒料到的是長途旅行所留下的後遺症。

剛歸來時，我的生活節奏還在旅行中，我試圖讓自己慢慢從旅行中回歸到日常，無奈就像是剛結束寒暑假的學生，或是剛休完長假的上班族，我的心一直無法收回來，我的心還遺留在旅途中。

剛歸來時，當我體認到出走旅行已經結束，曾經沮喪了好一陣子，連續好幾天都窩在家中沒有出門，無精打采，整天睡覺。沮喪的是旅行已經結束，錢已經用完，我必須面對現實，必須工作，然而我卻不想工作，心還在飄，不知飄落在旅途的何處，也不想出門，覺得臺灣到處都是人，很煩悶。

幾天過後，當我終於可以接受旅行已經結束的事實，我努力振作，讓自己的生活回歸到日常。起床之後，吃早餐、喝咖啡，參加面試或投遞履歷，吃午餐，洗衣服、看書或出去走走，吃晚餐。

我接受了幾家公司的面試邀約，試圖讓自己回到常軌。當我再次穿著套裝，身上殘留著流浪氣味，猶豫地站在應試公司的氣派大廳，慶幸自己還有面試機會的同時，內心的聲音卻誠實的告訴我：我不想上班，我抗拒踏入公司，我拒絕再次坐在朝九晚五的辦公室內，讓自己好不容易嘗到自由的靈魂，再度被拘禁。

我只知道，我不想再度回到朝九晚五的辦公室生活。

歸來後不久，一個在泰國清邁認識、在LG工作的韓國大男生寫信給我，告訴我他離開泰國之後，要來臺灣找我。愉快答應的同時，我思索著該如何招待他，該帶他去臺灣的哪些地方玩耍，就在此時，我發現自己對臺灣這塊土地非常不熟悉。

泰國 曼谷

我開始反思，這些日子以來，我揹著背包走遍海外，踏過大街小巷，遊盡千山萬水，卻對自己的故鄉完全陌生，於是興起了探索臺灣的念頭。我帶著韓國男生旅遊臺灣，用彼此都不流利的英文溝通著，旅行結束的時候，我決定前往旅行社應徵。

我發現自己很喜歡接觸人群，喜歡在旅途中跟大家分享我所知道的臺灣，比起坐在辦公桌前，我更想從事可以在外頭趴趴走，又能夠接觸人群、認識臺灣與世界各國的工作。於是，結合我的日文專長，最後選擇了日文導遊的工作。

成為導遊後，我每天拿著小旗子，接待來自日本的團體，帶領旅客前往臺灣的主要觀光景點；把外籍旅客當作來到臺灣旅行的外國朋友，從事基本的國民外交，讓他們能夠認識臺灣、了解臺灣。我也藉著這份工作獲得收入，獲得友誼，獲得更多對臺灣這塊土地的了解，獲得支撐我夢想的動力。

出走前，我期待改變，期待旅行可以帶給我人生的答案。出走後，我明白旅行無法給我人生的答案，但是卻可以改變我的人生，拓寬我的視野，賦予我更多做夢的勇氣和機會。

當我踏出第一步的當下，我的人生就已經起了變化，即便我渾然不自覺，長途旅行的影響力卻遠遠超過我想像，歸來後，出走旅行的種種經歷，依舊潛移默化影響著我。

我在網路上號召喜歡旅行的同好，組織愛旅行俱樂部，每月固定時間聚會，分享交換彼此的旅行經驗，甚至大家互約時間，每月進行一趟臺灣一日小旅行。

我把出走旅行的經歷寫成文字，發表在我的個人臉書上，每每藉著把旅行經驗轉化成文字，回想當時的種種，重溫一遍旅行舊夢。

我繼續旅行，繼續書寫，繼續工作，繼續交朋友，繼續認識臺灣。我從一個不想踏出舒適圈，不主動關心他人，故意用種種忙碌填充制式生活的窮忙女子，變成喜愛探險，關心他人，熱愛地球和生活，以不同的角度思考，踏實的生活著。

長途旅行的後遺症，讓我見識到旅行的力量，讓我體認到旅行的影響力。一開始我的心不知遺留何方，到最後，我找回迷路且躲藏已久的初心。

日本 湯布院

找回初衷，繼續走在夢想的路上。

重新回到起跑線

家庭教育和學校教育告訴我們，想要成為人生勝利組，必須贏在人生的起跑點。因此，未上小學前，我先上了幼稚園，其他同學上的是半日班，而我硬生生上了全日班，就連周六也要上全日課程。

上了小學之後，家人害怕我輸在起跑點，因此年紀小小，便讓我上了許多

日本 耶馬溪

才藝班，學習書法、芭蕾舞，學習各種不知道以後用得上、用不上的才藝。順利完成高中和大學的學業，從日本返回臺灣之後，我開始投遞履歷、找工作。

返臺後的第一份工作，是一個大型電視臺的新聞頻道日文編譯，這份工作需要學習新聞剪輯和配音，也有機會上日語新聞主播臺。負責面試的女主管很欣賞我，也很肯定我的文筆和翻譯能力，薪資非常不錯，一開始就有4萬元。原本應該是一份可以長久做下去，很有發展性的工作，但我只待了3天就走人了。

原因無它，只因新聞媒體的生態複雜，環境現實冷酷，人事瞬息萬變。或許是我剛進電視臺就受到主管的肯定，加上外型亮眼，對同事構成了威脅，所以當主管在大家面前無意誇獎了我，便開始遭受到同事的排擠和欺侮。

大概是成長和求學背景的關係，我非常害怕和別人不同調，也害怕被他人排擠，於是才進電視臺3天，主管才剛把我的資料正式送到人事室，我隨即就辭職了。

或許是被電視臺的現實生態嚇到，對於接下來的工作我採取保守策略，回歸到最單純的職務——教師。因為家庭觀念的影響，家中長輩認為男生就要當醫生，女生就要當老師，因此離開電視臺之後，我依照家中慣例成為補習班的日語老師。

就這樣乖乖當了兩年日語老師，這兩年來，我只是為了滿足家中長輩，對於女孩子就應該成為老師的期望，安分守己做著教師的工作。

日語老師的工作雖然單純，但是時間被綁死，無周末假日，且薪水不高。補習班老師和學校老師不同，補習班老師有上課才有鐘點費，沒上課就沒錢可賺，不像學校的正式老師，就算是寒暑假，還是有薪水可領。

最重要的是和學生互動雖然開心，但是無法累積人脈和資歷，學生學習到一定程度，結業之後，就會有另一批新的學生，人際關係無法長久；至於專業，雖然課程愈教愈熟悉，但是鐘點費不會隨著增加，且職位固定，加上補習班的教學工作很單調，除了自己，幾乎沒有其他同事可以互動，對於喜歡和人群接觸的我來說，這是個孤獨的工作。

約旦 Jerash 古城

剛開始教日語不久，我便知道這份工作無法長久下去，於是我利用教書空檔，考上臺大法律學分班，可惜接到入學通知當天，我因天雨滑倒骨折，入院休養，只能含恨休學。之後我就近到東吳大學推廣部進修，認真學習，拿到了許多法律學分。

兩年後，我離開教職，在留日背景、語言優勢以及法律專長的加分下，我先進入了一家間小型法律事務所，擔任商標專員；之後我順利通過面試，跳槽到臺灣最大的 LED 龍頭企業，成為日文專利工程師。

就這樣兜了一圈，當我進入人稱人羡的上市櫃LED大廠時，已經是34歲。兩年之後，我36歲，終於遞出辭呈，實現屬於我自己的出走旅行。旅行歸來之後，我沒有工作、沒有情人、沒有存款、沒有職階，我的人生再度歸零，人生的馬拉松再度回到起跑線。

上半場的人生馬拉松，表面上我一無所有，其實我得到許多、收穫豐富。重新回到起跑線，我清楚知道自己想要什麼，不想要什麼；喜歡什麼，不喜歡什麼。想要的就設法得到，喜歡的就努力爭取，不喜歡、不想要的，絕不勉強自己，不會再像以前那樣，為了迎合別人的期望，白白浪費許多時間。

歸來之後，我重新回到起跑線，曾經和我站在相同起跑線上的同儕們，早已不知奔跑到哪裡？望著那些不曾停下腳步、拼命往前奔跑的背影，我的心裡不再恐懼。

歸來之後，我放下比較心態，因為我清楚知道，人生是一場和自己的競賽，你的敵人和對手不是別人，而是自己，你要戰勝的人是自己。

日本 恐山

人生是一場馬拉松，不一定要贏在起跑點。

日本 白川鄉 合掌村

走進夢想的代價

出走前，我對於實現出走計畫所需要付出的成本和代價，基本上沒什麼概念，只知道必須把旅費備妥了，把時間排妥了，把機票買妥了，有一副健康的軀體，一顆對世界好奇的心，帶著一個大背包，就可以遊走天涯。出走後我才知道，出走前的我太天真、太膚淺。

出走之後，在旅途中迷路，走到腳破皮、起水泡，被偷、被搶、被騙、被吃豆腐，水土不服、上吐下瀉。

出走之後，被隔壁房間的陌生老外騷擾，明明告訴他沒興趣，卻一直想要和我一夜情。

出走之後，被白種人的旅行者歧視，我說我來自臺北，對方卻一直問我住在泰國的哪裡？還說泰國召妓很便宜。

出走之後，被峇里島的當地人歧視，用不屑的語氣說我一個女孩子來旅行，是為了找峇里島海灘的男人進行性交易。

出走之後，買東西被敲竹槓，挑水果被掉包，搭計程車被繞遠路，兌換外幣被動手腳。

更慘的是災難會有連鎖效應，當我被偷、被搶、被騙、被吃豆腐時，心情就會跟著低落，心情一低落，整個旅程就更加不順利，所需付出的代價就會更高。旅程中的種種困難和不如意，都是這趟旅行我所必須付出的代價。

歸來後，首先要面對的就是口袋空空的經濟問題，雖然出走前已經有心理準備，旅行結束後將會有一段經濟拮据的生活，但真正面對時還是需要調適。看著所剩不多的存款總是會一陣沮喪，除了減少慾望，少吃、少買，還需要咬牙過一段清苦的生活，然後繼續努力賺錢。

日本 京都 二年坂

歸來後，其次需要克服的就是恢復平淡的制式生活。過了一段不用打卡上班、逍遙自在的旅人生活，早已經習慣移動和隨性，忽然之間，又要恢復辛苦忙碌的都會生活，是一項新挑戰。

記得出走以前遇上連續假期，總會有一兩天的收假症候群，但現在收假症候群的威力可比砲彈，需要很長的一段時間才能將心收回來，而這自虐的收心過程便是旅行的代價之一。

嚐過自由滋味的靈魂，再度被羈束在一個不自由的軀體中，上班時望著窗外的藍天白雲，嚮往自由的渴望便又蠢蠢欲動。但我明白，第一次出走是必要，第二次出走需要更大的勇氣和理由，不然出走成了慣性，便是逃避。

出走之後，我的職涯重新歸零。結束旅行，一切從頭開始，不論是薪資、還是職位都不如出走前，迫於急需進帳的空空戶頭只能屈就，之前在職場的努力付諸流水，什麼都不剩。

幾個有興趣的職缺好不容易有了面試機會，當面試官知道上一次的離職是為了一趟出走旅行，總會在我身上貼標籤，然後追問：「妳會不會工作沒多久便又想要去旅行，然後率性的辭職？」

說得好像我是個慣竊，好似辭職去旅行是件多麼不待見的事情，但諷刺的是每當面試官如此追問時，我總是回答不出肯定的答案，無法點點頭肯定的說：「我永遠不會再辭職去旅行了。」

出走之後，朋友之間的往來也變生疏了，和以前的同事不再有交集和聯絡，畢竟已經離開公司；多年的好友也以為我總是東奔西跑，不知道又去哪裡旅行，於是聯絡不像以前熱絡。

出走後，視野開闊了，國際觀寬廣了，可以聊的話題也多了。以往朋友們聚在一起聊的彩妝、服飾和八卦，再也吸引不了我的興趣，朋友覺得我無法融入他們，邀約也跟著少了。我只好上網尋找喜愛旅行的同好，一同回憶並交換每個人的每段精采旅行。

出走前，對於實現夢想所需付出的代價是模糊的、無知的，出走後，才知道走進夢想所付出的代價，遠比自己想的還多。要走進夢想，第一件事就是停止和別人比較，停止和過去的自己比較，因為你所失去的一切，就是獲得快樂的代價。

你得到了一些，勢必就會失去一些，旅行是如此，夢想是如此，人生更是如此。

日本 福岡塔

日本 四國 祖谷吊橋

因遠行而改變的我

出走前，我的思想框架被牢牢固定住。在填鴨式教育下，碰到問題，我的答案不是一就是二，不是對就是錯，從不會去思考老師的說法對不對，教科書是主觀還是客觀？反正把答案背起來，考試拿高分就好。

出走前，對於公司主管的交代和命令，有時雖然有所疑問和不滿，但礙於上命下從的觀念，只能乖乖聽命，不敢提出反駁的想法。

出走前，對社會的不公不義感到不滿，看到社運人士的抗議遊行，我也有過參與的衝動，但礙於安全考量，礙於同事和家人朋友的觀感，我只能忍住想表達自己意見的衝動。

出走前，我對社會標準的成功模式從未感到懷疑，老師教導我們要認真讀書、求得好成績，有能力的就出國留學，不出國留學的至少念個國立大學，畢業後趁早卡位，進入大企業工作，然後努力存錢買房、結婚生子。

出走前，我對所遵守的這一切社會規範從未有過懷疑和反抗，直到我一帆風順的菁英人生沒有準時抵達下一站，進而開始出現裂痕、故障脫軌。

學校教導我們如何追求功成名就、成為一個有用的人，卻從未教導我們萬一失敗、人生旅程萬一脫軌該如何是好？所以我迷惘了，迷失在挫敗中。迷惘的我選擇出走，渴求從遠行中尋求解答。

出走後，我把所造訪的國家都當作一門新學科，把異國文化的種種當成必修學分，

日本 立山 高速公路

當我修習這些科目，忽然發現，打破舊有的觀念和糾正偏見，比起學習新觀念更加困難。

臺灣這門學科中的許多觀念和規則，套用到其他學科根本無法成立，無法直接複製貼上，每修習一門新學科，我就必須放棄舊有觀念，重新學習、打掉重練。

從小到大，親戚們動不動就以關愛為名，問我考試第幾名？有無男友？何時結婚？是否買車、買房？工作待遇如何？是不是變胖了等私人敏感問題，雖然感到不舒服，卻認為親友們是出於關懷才會如此追問，實屬人之常情。

出走後，不管是當地人還是萍水相逢的旅人，都不曾隨意詢問我私人問題，我這才知道，即便是對自己的家人，他們也不會去追問這些個人隱私，更何況是不熟的過客、旅人。出走後我才知道，從小到大，被視為關懷而去追問個人隱私的壓迫式關心，在其他國家根本不存在。

出走後，我努力學習思辯的能力，不再人云亦云，開始懂得用不同角度和立場換位思考。出走後我才知道，對主管的命令有疑問時，應該提出來一起討論、作出共識，把疑問搞清楚。出走後我才知道，對社會的不公不義感到不滿，想去抗議就去抗議，根本毋需顧慮他人眼光，每個人都有權表達自己的立場。

出走後的出走，改變了我原本僵硬的思想框架，讓我把人生的重心從他人的眼光移回自己身上，不再乖乖遵循社會標準的價值觀，追隨自己真正想要的事物，不論是物質、還是精神。面對自己真正想要的事物，熱情、積極就會出現，原本無趣的工作和生活立刻翻轉，黑白人生轉為色彩繽紛，如行屍走肉般的生活，因有了目標而復活。

旅行只是一種方式、一個過程，改變了我的觀念和想法，擴展了我的視野，進而影響我歸來後的行為。歸來後，我的思維改變了，有疑問就提出來，想抗議就去抗議，不想回答就沉默，站在對方的立場思考，但是也要尊重自己。

歸來後，我依舊是那個我，那個不爭氣的我，那個愛做白日夢的我，那個戀愛能力依舊只有小學生程度的我，那個競爭力沒有隨著年紀增加、只有白頭髮增加的我。我還是需要工作賺錢，還是想要找個男友，還是睡在單人床上，世界依舊旋轉，太陽依舊昇起落下，而我原本的存款已經花光光，但是我很快樂，不再糾結。

日本 消火栓

日本 北海道

跳脫框架的人生有無限可能。

別人的眼光和評價是別人的，我的人生是我自己的，喜歡就喜歡，不喜歡就明白說出來。我因出走而改變，學習到尊重自己，因遠行而改變的我，學會坦白，學會愛自己。懂得愛自己，就能獲得快樂、不再糾結，於是獲得救贖。

後記

我會一直走下去

易虹

寫這本書時，其實距離36歲已經好些年了，原本想把42天出走旅行的所見所聞寫成一本旅遊書，也寫了大約七成的稿量，但是旅遊書一直沒有完成，沒想到因緣際會下，倒是先完成了離職出走去旅行的心路歷程，也就是這本《可不可以，說走就走》。

寫這本書的過程出乎意外的順利，從提案到完稿，在一個多月的時間內便完成，中間幾乎沒有靈感枯竭或筆鋒停頓之日。從

印尼 烏布 梯田

19歲第一次自助旅行到現在，我已經旅行二十多年，加上現在從事的工作又和旅行有關，縱然不敢以旅行達人自居，但長年旅行累積下來的經驗，可以分享的心得倒是不少，若是這本書可以給年輕朋友一點點的勇氣、一點點的夢想、一點點的力量、一點點的希望，那麼也就達到我寫這本書的主要目的。

一成不變很簡單，輕言放棄很容易，距離那年蟬聲唧唧的夏天、那場42天的旅行也已經好些年了，現在的我依舊單身，依舊是敗犬，但我的單身生活一直以來都是自由自在、充實快樂且經濟獨立。

旅行沒有很昂貴，貴的是心中夢想和熱情；
旅行沒有很困難，難的是說走就走的勇氣。

我會一直走下去，不管是旅行路上，還是人生遍路，不管是一個人、兩個人，還是一群人，我都會一直勇敢走下去，希望你們也是。

一個人的畢業旅行

這是我的畢業旅行，
一個人的畢業旅行，
行囊中裝滿對你的回憶和愛情。

我不斷流浪，
從臺北到西貢，
從西貢到巴黎。

我不斷回憶，
從白天到夜晚，
從夜晚到黎明。

這是我的畢業旅行，
一個人的畢業旅行，
旅途中有太多的驚險，

日本 松島

旅途中有太多的奇遇，
不論熱季或雨季，
不論快雪或時晴。

這是我的畢業旅行，
一個人的畢業旅行，
回憶已遠，
愛情已逝，
旅行將盡。

我站在黃濤滾滾的西貢河畔，
眺望那不可思議的東方巴黎，
決定從你的愛情中畢業，
因為這是我的畢業旅行，
一個人的畢業旅行。

國家圖書館出版品預行編目資料

可不可以，說走就走 / 易虹 文.攝影. -- 初版.
-- 臺北市 : 華成圖書, 2018.04
面 ; 公分. -- (出走系列 ; T1001)
ISBN 978-986-192-321-5(平裝)

1.旅行療癒

855 107002621

出走系列 T1001

可不可以，說走就走

作　　者／易虹

出版發行／華杏出版機構
華成圖書出版股份有限公司
www.far-reaching.com.tw
11493台北市內湖區洲子街72號5樓（愛丁堡科技中心）
户　　名　華成圖書出版股份有限公司
郵政劃撥　19590886
e-mail　huacheng@email.farseeing.com.tw
電　　話　02-27975050
傳　　真　02-87972007
華杏網址　www.farseeing.com.tw
e-mail　adm@email.farseeing.com.tw
華成創辦人　郭麗群
發 行 人　蕭聿雯
總 經 理　蕭紹宏

主　　編　王國華
責任編輯　蔡明娟
美術設計　陳秋霞
印務主任　何麗英
法律顧問　蕭雄淋・陳淑貞

定　　價／以封底定價為準
出版印刷／2018年4月初版1刷

總 經 銷／知己圖書股份有限公司
台中市工業區30路1號　電話　04-23595819　傳真　04-23597123

讀者線上回函
您的寶貴意見
華成好書養分